Le pont
de la rivière Kwaï

桂河大桥

Pierre Boulle

［法］皮埃尔·布尔 著

王文融 译

上海译文出版社

不，这事并不滑稽，反倒相当凄婉动人；他是那场**大玩笑**以往一切牺牲品的最佳代表。但世界是在疯狂中运转的，因此它总的来讲仍是件体面的事。此外，他这个人是通常人们称作的好人。

约瑟夫·康拉德

第一部

一

　　某些目光在东西方心灵之间看到的不可逾越的鸿沟或许不过是海市蜃楼。或许它只是没有可靠依据的老生常谈的传统表现，这老生常谈有一天被居心叵测地改扮成措辞尖刻的概述，而要为其存在辩解甚至不能引用人人皆懂的道理？或许在这场战争中，"保全面子"的需要对大不列颠人和日本人而言同样迫切，同样生死攸关？或许这种需要支配了一方的行动，而他们并未意识到，又同样严格和命中注定地左右了另一方的行动，恐怕还左右了各国人民的行动？或许两个敌人表面上针锋相对的行为不过是同一个非物质现实的虽有差别却无伤大雅的表现？或许日本上校佐藤的思想在本质上和他的俘虏尼科尔森上校的思想相似？

　　以上是少校军医官克利普顿向自己提出的问题。他也是一名俘虏，和五百名被日本人带到桂河战俘营的不幸者一样，和六万名被日本人分成几个大队集结于世界上最不开化的地区——缅甸和泰国的热带丛林——修筑连接孟加拉湾和曼谷、新加坡的铁路的英国人、澳大利亚人、荷兰人、美国人一样。克利普顿有时对自己作出肯定的回答，同时承认这个观点完全违情悖理，要求大大地超越表象。要采纳它，尤其需要否认表露大和魂的推推搡搡，用枪托殴打和其他更危险的粗暴行为，以及尼科尔森上校为确认大不列颠人的优越最喜爱使用的武器——大力显示尊严——具有任何实际的意义。不过，此刻克利普顿忍不住作出这个判断，他的长官的表现令他怒火填膺，在抽象和热切的追根溯源中，他的心情才稍稍平静下来。

这番寻觅总导致同一个结论，即构成尼科尔森上校个性的全部特征（他搜集的这些数量可观的特征乱七八糟地堆在一起：富于责任感，眷念先祖遗风，尊重权威，念念不忘纪律，喜欢圆满完成任务），可以最恰当不过地浓缩在一个字眼里：附庸风雅。在狂热探究的期间，他认为上校是个附庸风雅的人，是附庸风雅的军人的完美典型。该典型是自石器时代以来经过长期的综合缓慢形成并日臻成熟的，传统保存了这一类人。

此外，克利普顿生性客观，具有从不同角度考虑问题的难得的禀赋。他的结论稍稍平息了上校的某些姿态在他脑海中掀起的风暴，他突然觉得自己变得宽容，几乎动了感情，承认上校品德高尚。他承认，倘若这些品德为附庸风雅者所特有，那么照此逻辑稍作推演，很可能必须把最美好的情感归入同一类别，并最终在母爱中辨识出附庸风雅在世上最光彩夺目的表现。

尼科尔森上校对纪律的重视以往在亚洲和非洲的各个地区是出了名的，一九四二年马来亚遭到入侵后，这一点在新加坡溃败时再一次得到了确认。

最高指挥部下达放下武器的命令后，他团里的一群年轻军官制定了一项抵达海岸、抢一只小船驶往荷属印度的计划。尼科尔森上校一方面对他们的热情和勇气表示敬意，另一方面用他依然掌有的一切手段反对这项计划。

他首先试图说服他们，向他们解释这个企图直接违背接到的指示。总司令签署了在全马来亚的投降书，陛下的任何臣民逃跑都是违抗行为。就他而言，他只看到一条可能的行为准则：在原地等待日本高级军官前来接受他、他的干部以及数百名在近几周的屠杀中幸免于难的士兵的投降。

"如果长官们逃避责任，"他说，"那会给部队树立什么榜样啊！"

他的目光在重大时刻显出的看透人心的锐利支持了他的论据。他的一双眼睛有着印度洋波平浪静时的颜色，始终平静的面孔敏感地映照出不知心绪纷乱为何物的灵魂。他蓄着一部沉着镇定的英雄们那种近乎红棕色的金黄胡髭，皮肤上泛出的红光表明一颗纯洁的心控制着没有缺陷、有力而规则的血液循环。在战役中自始至终跟随着他的克利普顿，每天惊叹不已地看到，这位驻印度部队的英国军官在他眼皮底下奇迹般地幻化成一个他始终以为带有传奇色彩的人，此人过分地显示自己的存在，惹得他痛苦地时而大为恼火，时而深受感动。

克利普顿为年轻军官们辩护。他赞同他们，并直言不讳。为此，尼科尔森上校对他严加训斥，看到一位身居要职的成年人竟分享没有头脑的年轻人的虚无缥缈的希望，鼓励绝无好下场的仓促冒险，他表示惊奇和难过。

他陈述完自己的理由，然后下达了明确严厉的命令：全体军官、士官和士兵将在原地等待日本人的到来。他们的投降不是一件个人的事，他们绝不该为此感到耻辱。在团里，重负由他一个人来挑。

大多数军官顺从了，因为他有很强的说服力，崇高的威望，他本人无可争辩的勇气不允许把他的行为归因于除责任感之外的其他动机。有几位军官不服从命令，动身去了丛林。尼科尔森上校感到由衷的悲伤。他把他们列为逃兵，焦急地等待着日本人的到来。

为这件大事，他在脑子里筹划了一个有节制地显示尊严的仪式。经过考虑，他决定把别在腰间的左轮手枪作为降服胜利者的象征递交给负责受降的敌军上校。他把这个动作重复了好几遍，直至有把握轻而易举地取下枪套。他穿上他最好的军装，并要求部下精心梳洗一番。接着，他集合起队伍，命令架起枪支，亲自检查是否排成了直线。

第一批来的是一群不会讲任何文明世界语言的普通士兵。尼科尔森上校没动。接着，一名士官乘卡车到了，他示意英国人把武器放进车内。上校禁止部队做任何动作。他要求来一名高级军官。来人中没有军官，无论高级下级，日本人不明白他的要求，他们发了火。士兵们摆出威胁的姿态，士官指着架好的枪发出嘶哑的吼叫。上校命令部下待在原地不动。冲锋枪瞄准了他们，上校被不客气地推来推去。他始终面无表情，再次提出他的请求。英国人不安地面面相觑，克利普顿寻思他们的长官是否为了原则和形式即将使他们全部遭到屠杀。终于一辆满载日本军官的汽车出现了，他们当中有一位佩戴着少校的标志。退而求其次，尼科尔森上校决定向他投降。他命令部队立正，自己行了个军礼，从腰带上解下手枪套，以庄重的姿势递了过去。

少校大惊失色，面对这件礼物先往后退了一步；继而他显得十分尴尬；最后他抖动着身子粗野地笑了好久。很快，他的同伴们也笑了起来。尼科尔森上校耸了耸肩膀，摆出一副傲岸的姿态。不过他准许他的士兵把武器装上卡车。

在新加坡附近的战俘营度过的那段时间里，尼科尔森上校给自己提出了一个任务：在胜利者杂乱无章的活动前保持盎格鲁-撒克逊人规行矩步的作风。一直不离他左右的克利普顿这一时期已经在思忖究竟应该祝福他还是诅咒他。

在他下了命令，以自己的威望认可并发挥了日本人的指示后，他的部下表现良好，但饮食很差。其他团的俘虏们躲过看守，或经常与他们合谋，往往在新加坡挨过轰炸的市郊 looting① 或偷窃罐头及其他食品，给每日配给的清淡饮食带来可贵的补充。但是在任何情况下尼科尔森上校都不能容忍这种洗劫。他要军官们开会作报告，痛斥这种行为的卑鄙无耻，论证英国士兵令暂时的胜利者折服的唯一方式，是给他们作出举止无懈可击的表率。他用比看守的搜

---

① 英文，抢劫。

查更加专横严格的定期搜查监督这项规定的执行。

他强加给团里的苦差使不仅仅是这些宣讲士兵在异国必须诚实正派的会议。那时团里的活儿不重，日本人在新加坡郊区没有进行任何重大的整治工作。上校确信游手好闲对部队的思想不利，而且他担心士气下降，于是安排了一项利用闲暇的计划。他强迫军官们整章整章地给部下阅读并解释军事规章，他命令举行问答会，分发由他签署的奖状以资奖励。授课时自然忘不了纪律教育，定期强调甚至在战俘营中下级也必须向上级敬礼。因此，那些 private① 除了必须不分军阶向全体日本人敬礼外，随时还有可能——假若他们忘记了命令的话——一方面挨哨兵的脚踢，枪托打，另一方面挨上校的训，受他的罚，甚至在休息时间罚站好几小时。

这种斯巴达式的纪律通常为士兵们所接受，他们服从不再有任何世俗权力支撑的权威，来自一位本人也可能受到欺负和粗暴对待的人的权威，这一点往往叫克利普顿佩服。他思忖是否应该把他们的服从归因于他们对上校人格的尊重，抑或多亏上校才享有的某些好处；因为不可否认，上校的强硬在日本人那里也获得了成效。对于日本人，他的武器是他对原则的坚守，他的固执，他专注于一个确切的问题直到满意为止的力量，以及那本包括日内瓦公约和海牙公约在内的 *manual of military law*②。一旦日本人违犯了这部国际法法典，他便平静地把教本摆到他们面前。他很勇敢，但无比蔑视对

---

① 英文，列兵。
② 英文，《军法教本》。

肉体施暴，这肯定对其权威的树立起了很大作用。有好几次，当日本人违背了战胜者的成文法时，他不仅提出抗议，而且亲自居间调停。有一次，一名特别凶狠的看守提出非法要求，粗暴地打了他。他最终还是赢了，侵犯他的人受到了惩罚。于是，他强化了自己的规章制度，比日本人想出来的花样更加专横暴虐。

"重要的是，"当克利普顿提醒他形势也许允许他稍稍和蔼一些时，他对克利普顿说，"重要的是让小伙子们感到指挥他们的始终是我们，而不是那些猴子。只要他们保持这个想法，他们便是战士而不是奴隶。"

始终公允的克利普顿承认这番话讲得有道理，上校的举止一直受到美好情感的启迪。

二

在新加坡营度过的那几个月，如今俘虏们回想起来简直是个极乐时代，细想目前在泰国这个荒凉地区的处境，他们长吁短叹，对那几个月十分怀念。来到此地以前，他们先乘火车作了横穿整个马来亚的漫长旅行，继而又开始耗尽体力的行军。气候恶劣、食品匮乏，他们变得虚弱无力，在途中渐渐丢弃了少得可怜的装备中最沉重、最宝贵的物品，且再无寻回的希望。要他们修建铁路的传闻使他们乐观不起来。

尼科尔森上校及其部队的调动稍晚于别的部队。他们抵达泰国时，工程已然开始。经过令人疲惫不堪的徒步行军后，与新的日本当局的初步接触很不令人鼓舞。在新加坡，他们和士兵们打交道，这些士兵最初受到胜利的毒害，但除了寥寥可数的原始人的野蛮行径外，并不比西方战胜者蛮横多少。被指定监管整个铁路沿线盟军俘虏的军官们的心态似乎就不同了。一开始他们便暴露出凶残的看守面目，并准备变成暴虐的施刑者。

尼科尔森上校和他仍然指挥并以此为荣的团的余部先由一个大

战俘营接待，该营是所有运送俘虏车队的中途站，但已有一队人常驻。尼科尔森他们虽然只作了短暂的停留，但已清楚对他们将有何要求，工程结束前他们将忍受怎样的生活条件。那些不幸的人像牛马一样干活。每个人必须完成的任务或许并未超出一个吃得不错，身体健壮的人的体力，但是强加给那些不到两个月就变得骨瘦如柴的可怜人，他们不得不在工地从黎明干到黄昏，有时还要夜战。稍有差失，便招来卫兵们的咒骂，拳头雨点般落到脊背上，他们神情沮丧，士气低落，无时不担心受到更可怕的惩罚。他们的身体状况令克利普顿不安。疟疾、痢疾、脚气病、溃疡司空见惯，战俘营的医生向他透露他担心更严重的流行病，却无法采取防病措施。他没有任何最基本的药品。

尼科尔森上校双眉紧蹙，未作评论。他不"负责"这个营，有点把自己当成客人。他仅有一次向在日本人主管下负责该营的英国中校表示了愤慨：他发觉直至少校衔的全体军官在与士兵相同的条件下参加劳动，就是说像小工一样挖土装车。中校垂下了眼帘。他解释说他曾尽力避免这种屈辱，只是在粗暴的强制下才被迫服从，以免受到报复，令大家遭殃。尼科尔森上校好像未被说服似的摇了摇头，然后又高傲地保持缄默。

他们在这个集合地点停留了两天，从日本人那里领到路上吃的少得可怜的食品，和一块用绳子系在腰间，被日本人称作"工作服"的三角形粗布；他们还听了山下将军的讲话，他高踞于临时搭的台子上，腰挎军刀，戴着浅灰色手套，用蹩脚的英语向他们说明，他遵照天皇陛下的旨意当他们的最高统帅，以及他对他们有何期望。

逆耳的训话长达两个多小时，至少和打骂一样刺伤了民族自尊心。他说日本人不怨恨他们，他们听信了政府的谎言才误入歧途，只要他们的举止像"绅士"，就是说毫无二心，全力以赴地协助建立南亚共荣圈，他们将受到人道的待遇。他们人人应该感激天皇陛下给他们机会补救错误，通过修建铁路参与共同的事业。接着山下解释说，为了普遍的利益，他不得不执行严明的纪律，不容许任何违抗。懒惰和疏忽将被视为犯罪。任何逃跑的企图将以死刑论处。英国军官将在日本人面前对部下的表现和劳动热情负责。

"疾病不能被当作借口。"山下将军补充说，"适当的劳动大大有助于保持充沛的精力，痢疾不敢袭击每天努力向天皇尽义务的人。"

他以乐观的调子结束训话，使听众气得发狂。

"快乐并起劲地干活吧，"他说，"这是我的座右铭。从今天起也应该成为你们的座右铭。如此行动的人丝毫不必怕我，也不必怕保护你们的大日本皇军的军官。"

接着，部队分散开，各自前往指定的地段。尼科尔森上校和他的团朝桂河营走去。该营比较远，离缅甸边境只有几英里，由佐藤上校指挥。

三

　　初到桂河营便发生了几件令人不快的事，气氛一开始就带着敌意，且有一触即发之势。

　　佐藤上校宣布，军官必须与部下在同样的条件下一起劳动。这项规定引起了第一阵混乱，促使尼科尔森上校采取了一个礼貌而有力的步骤。他诚恳客观地阐述了自己的观点，结束时说英国军官的任务是指挥士兵，不是挥镐舞锹。

　　佐藤听完他的抗议，没有显得不耐烦，上校觉得这是个吉兆。接着，佐藤说要考虑一下，把他打发走了。尼科尔森上校信心十足地回到他与克利普顿以及另外两名军官共同占用的那间破旧的竹屋，洋洋自得地把他为打动日本人所用的几个论据重述了一遍。在他看来每个论据都无法驳倒，而他认为最重要的论据是：几个没有经过体力劳动锻炼的人对劳动力的补充微乎其微，而任用称职的长官当干部所起的推动作用是不可估量的。为了日本人的利益，为了施工的顺利进行，倒不如保留这些长官的全部声誉和威望，而如果强制他们完成和士兵一样的任务，这一点就难以做到了。他在自己的军官们面前再一次坚持这个观点，越讲越兴奋。

"我到底有无道理？"他问休斯少校，"你，一位企业家，你能设想没有负责干部的等级制，一个企业能办好吗？"

他的参谋部在那场惨烈的战役中受到损失，除医生克利普顿外，只剩下了两名军官。从新加坡起他成功地把他们留在自己身边，因为他欣赏他们的意见，时刻需要在作出决定前把自己的想法交给集体讨论。这是两名预备役军官，其中一位休斯少校参军前是马来亚一家矿产公司的经理。他被分配到尼科尔森上校的团，后者立即看出他有组织才干。另一位里夫斯上尉战前在印度担任公共工程的工程师，入伍后被编入工兵部队，但打了几场仗后，便脱离原部，被上校任用，也在他手下当参谋。他不是粗鲁的武夫，喜欢身边有一群专家。他老老实实地承认某些民用企业往往有些方法可供军队卓有成效地借鉴，而且他不坐失任何学习的良机。他对技术人员和组织者同样敬重。

"先生，你当然有道理。"休斯答道。

"这也是我的意见。"里夫斯说，"修建铁路和桥梁（我想是要在桂河上架桥）不容许仓促上阵，临阵磨枪。"

"的确你是这类工程的专家。"上校高声道。"你们看到了吧，"他最后说，"我希望给那个没头脑的人的脑壳里灌进了一点铅。"

"再说，"克利普顿注视着长官补充道，"假如这个合乎情理的论据不够的话，还有《军法教本》和国际公约哩。"

"还有国际公约。"尼科尔森上校表示赞同，"我把这留给下

14

一次，如果下一次有必要的话。"

克利普顿之所以用略带悲观的嘲讽语气这样讲，是因为他十分担心单单呼唤理性是不够的。在丛林行军中途停留期间，他听到一些有关佐藤性格的传闻，这位日本军官没喝酒时偶尔还听得进道理，但开怀畅饮后，据说会变成最可憎的野蛮人。

尼科尔森上校是俘虏们在营地半塌的棚屋里安顿下来的第一天早上采取这个步骤的。佐藤如他所许诺的那样做了考虑。开始他觉得反对意见十分蹊跷，便喝起酒来，希望理出个头绪。渐渐地他确信上校对他的命令提出异议是对他进行了无法接受的凌辱，他不知不觉从满腹狐疑变为怒火中烧。

太阳快要落山前，他气愤到了极点，决定立即显示自己的权威，要求全体集合，他也有意发表一通训话。演说一开始，不祥的乌云便显眼地密布于桂河的上空。

"我恨英国人……"

他以这句话开场，并把它当作标点符号置于他的语句之间。他英语讲得不错，因为过去曾出任一个英语国家的武官，由于酗酒而被迫离职。他没有升迁的希望，将可悲地以苦役犯看守的职务结束职业生涯。他对俘虏的怨恨负载着他因不能参加战斗而感到的全部屈辱。

"我恨英国人。"佐藤上校开始说，"你们在此受我一个人的指挥，实施对大日本皇军的胜利必不可少的工程。我想只对你们说一次，我不容许对我的命令有一点异议。我恨英国人。只要一提抗议，你们就会受到严惩。纪律必须得到维持。如果某些人打算一意孤行，就会被告知我对你们大家掌有生杀大权。为了保证天皇陛下交托给我的工程能顺利实施，我会毫不犹豫地行使这个权利。我恨英国人。死几名俘虏不会触动我。对大日本皇军的高级军官来说，你们大家的死不足挂齿。"

他像山下将军之前所做的那样爬到了一张桌子上。和山下一样，他认为有必要戴上浅灰色的手套，并脱下早上人们见他穿的旧拖鞋，换上一双锃亮的长统靴。他自然腰挎军刀，时时刻刻敲着刀柄，以便给他的话增加分量，或者使自己情绪激昂，保持他认为必不可少的冲天怒气。他很滑稽，脑袋像牵线木偶似的乱晃。他喝醉了，喝欧洲的烧酒、丢弃在仰光和新加坡的威士忌和白兰地喝醉了。

克利普顿听着这篇刺痛他神经的演说，记起一位长期生活在日本人中间的友人过去对他的忠告："假如你与他们打交道，千万不要忘记该国国民视自己为神的子嗣，如同这是无可置疑的信经。"不过，经过思考，他发现世上没有一个国家的人民对其或远或近的神圣渊源抱有一丝一毫的怀疑。于是他寻找如此自负和恼怒的其他原因。说实话，他很快便确信佐藤的演说从普世的、无论东方抑或西方的气质中吸取了许多基本成分。透过日本人口中吐出的语句，他顺便辨认出各种影响并向其致意：种族的自豪感，对权威的狂热信仰，不受人重视的担心，奇怪的自卑感，这自卑感使佐藤以猜疑不安的目光扫视一张张面孔，仿佛怕看到人们脸上的讪笑。佐藤在英国的属地生活过，不可能不知道日本人的某些奢望在那里受到怎样的嘲笑，一个缺乏幽默的民族仿效本能地具有幽默感的民族的姿态在那里惹出了什么笑话。不过，他的言辞和杂乱动作的粗暴应当归咎于残留的原始人的野蛮。听到他大谈纪律，克利普顿心里感到莫名的慌乱，但是见他像布袋木偶一样摇来晃去，他放了心，断定西方世界的绅士们至少有一个优点，就是他们灌饱烧酒后的表现。

军官们在部下面前沉默地听着，看押他们的士兵为了强调长官的狂怒，摆出一副威胁的姿态。军官们个个握紧拳头，费力地作出恰当的表情，模仿尼科尔森上校表面上的无动于衷，他曾指示以冷静和尊严迎接一切敌对的表示。

在这段旨在给人以强烈印象的开场白之后，佐藤触及了问题的要害。他的口气和缓下来，几乎有点庄严。他们一度曾希望听到明智的话。

"大家听我说。你们知道天皇陛下俯允吸收英国战俘参与什么大业，这就是横穿四百英里热带丛林将泰国和缅甸的首都衔接起来，使日本的军车得以通行，为把这两个国家从欧洲人的暴政中解放出来的军队开辟通往孟加拉的道路。日本需要这条铁道从胜利走向胜利，征服印度，迅速结束这场战争。因此关键的问题是尽快竣工，天皇陛下命令在六个月内完成。这对你们也有利。战争结束后，也许你们能在我军的保护下重返家园。"

佐藤上校仿佛醉意全消，用更加慢条斯理的语气继续往下讲。

"你们这些在本战俘营受我指挥的人，现在你们知道自己的任务是什么吗？我召集你们开会正是为了告诉你们。"

"你们只需修两小段与其他地段相接的铁路，特别要在你们眼前的桂河上造一座桥。这座桥将是你们的主要工作，你们运气真好，因为这是全线最重要的工程。工作是愉快的，它需要心灵手巧的人，不需要小工。此外，你们将荣幸地跻于南亚共荣圈开路先锋之列……"

"又是一句本该西方人讲得出的鼓舞人心的话。"克利普顿不由自主地想……

佐藤整个上身向前倾，一动不动，右手支在军刀柄上，盯着前面几排看。

"工作在技术上当然由一位有资格的工程师，一位日本工程师领导。至于纪律，你们将与我和我的下属打交道。干部是不会缺少的。出于我乐于向你们解释的这些理由，我命令英国军官与他们的士兵情同手足地并肩劳动。在目前的情况下，我不能容许有人不劳而食。我希望不必重复这个命令，否则的话……"

佐藤毫无过渡地恢复了先前的怒气，又开始像疯子似的指手画脚。

"否则的话，我将使用武力。我恨英国人。如果必要的话，我宁可把你们全部枪毙，也不愿养活懒汉。疾病将不是一个豁免的理由。病人总可以尽些力。我将在战俘的白骨堆上造桥，如果必须如此的话。我恨英国人。工作将于明天黎明开始。听到哨音在此集合。军官们单独列队。他们将编成一组，完成和别人一样的任务。将给你们分发工具。日本工程师将给你们作指示。今晚我的最后一句话是提醒你们记住山下将军的座右铭：'快乐并起劲地干活吧。'你们要记牢。"

佐藤走下讲台，怒气冲冲地跨着大步返回司令部。战俘们解散后朝各自的棚屋走去，听了这篇东拉西扯、振振有辞的演讲，他们心里觉得不是滋味。

"先生，他似乎没有明白；我认为应该求助于国际公约。"克利普顿对一直沉默不语，若有所思的尼科尔森上校说。

"我也这样想，克利普顿，"上校郑重其事地回答，"我担心我们将面临一段混乱的时期。"

四

克利普顿一度担心尼科尔森上校预料的混乱时期不会长久，刚一开始便以惨不忍睹的悲剧告终。作为医生，他是唯一与争执无直接关系的军官。他工作繁忙，要治疗许多在热带丛林中艰苦跋涉腿脚受了伤的人，因此他没有被算作劳动力；但是，黎明前，当他前往被夸大其辞地命名为"医院"的棚屋，目睹第一场冲突的时候，他的焦虑更深了。

夜里，士兵们被哨声和哨兵的喊叫声吵醒，怀着恶劣的情绪去集合。由于蚊虫叮咬，住宿条件简陋，他们依然疲乏不堪，体力没有恢复过来。军官们聚集在指定的地点，尼科尔森上校向他们作了明确的指示。

"必须拿出诚意来，"他说，"只要这不损及我们的荣誉。我，我也会去集合的。"

对佐藤命令的服从自然到此为止。

他们在寒冷的潮气中久久站着不动。接着，天亮了，佐藤上校被几名下级军官簇拥着来到，后面跟着领导工程的工程师。他面有惴色，但当他发现英国军官们在长官身后排成了一行，他的脸色开朗了。

一辆满载工具的卡车随后开来。尼科尔森上校乘工程师分发工具的当儿朝前迈了一步，要求与佐藤谈一次话。后者的目光黯淡了，他一句话也没说，但上校佯装视沉默为同意，朝他走了过来。

克利普顿背对着上校，看不到他的动作。过了片刻，医生挪了挪脚，侧过身来，见上校把一本小书伸到日本人的鼻子底下，用手指着一段文字。这无疑是那册《军法教本》。佐藤犹豫不决。克利普顿一时以为或许后者一夜之间恢复了比较正常的情感，但他很快明白这是妄想。在头一天的演说后，即使佐藤消了气，"保全面子"的责任依然不可推卸地支配着他的行动。他的脸涨得通红。他原希望此事已经了结，哪知这位上校不依不饶，这份固执一下子又使他歇斯底里地大发脾气。尼科尔森上校顺着手指一行行低声读着，没有发觉这个变化。克利普顿注视着日本人的面部表情，险些大叫一声要长官留神。但是太迟了。佐藤迅速地用手一下打掉了书，另一下给了上校一个耳光。现在他站在上校面前，向前倾着身子，怒目圆睁，指手画脚，滑稽地交替用英语和日语破口大骂。

尼科尔森上校没有料到这一反应，尽管吃了一惊，仍然保持着镇静。他捡起掉在泥里的书，在比他矮一头的日本人面前挺直身子，只是说：

"在这种情况下，佐藤上校，既然日本当局不遵守文明世界的现行法律，我们认为完全解除了服从它的义务。我还要通知你我下的命令：军官们不参加劳动。"

讲完这番话，他毫不还手，一声不吭地承受了第二次更加猛烈的袭击。佐藤似乎丧失了理智，朝他扑过去，踮着脚尖在他脸上乱捶。

事态恶化了。几名英国军官走出队列，带着威胁的神情走过来。队伍中响起一片窃窃私语声。日本军士吼叫着短促的口令，士兵们把子弹推上了膛，尼科尔森上校请求他的军官们回到原位，命令部下保持平静。鲜血从他的嘴角淌下来，但他一脸我自岿然不动的神色。

佐藤气喘吁吁，朝后退了几步，做了个拔枪的手势；接着他似乎改变了主意，又朝后退了几步，用暗藏杀机的平静嗓音下了几道命令。日本卫兵围住战俘，示意他们前进，领着他们朝河边的工地走去。有人抗议，试图抵抗，好几道焦虑的目光向尼科尔森上校发出询问。后者示意他们服从。他们很快便失去了踪影，英国军官们面对佐藤上校留在原地。

佐藤仍在讲话，声调平稳，令克利普顿惴惴不安。他的不安是有道理的。一些士兵走开了，扛回两挺安在战俘营入口处的机关枪，在佐藤的左右两侧架好。克利普顿的担心变成了惶恐。他透过"医院"的竹板壁目睹了这一幕。在他身后，四十来个不幸的人挤成一团，身上布满化脓的伤口。有几个拖着步子来到他身边，也朝外面看。其中一位声调低沉地惊呼：

"大夫，他们不会……！这办不到！这只黄猴子不敢吧？……老头子顽固得很！"

克利普顿几乎肯定黄猴子敢作敢为。聚集在上校身后的军官大

22

多坚信这一点。攻克新加坡时已有过好几次集体处决。佐藤命令部队走开，显然是怕留下碍事的证人。现在他用英语讲话，命令军官们拿上工具去干活。

尼科尔森上校的声音再次响了起来。他声明他们不服从。谁也没动。佐藤又发了一道口令。机关枪上好子弹带，枪口对准了这群人。

"大夫!"克利普顿身旁的士兵呻吟起来，"大夫，老头子不会让步，我对你说……他不明白。得想个办法!"

这番话使全身好像瘫了似的克利普顿惊醒过来。"老头子"显然不明白此时的处境，他想不到佐藤会一不做，二不休。正如这名士兵所说，必须采取紧急行动，向他解释他不能这样出于固执和为了原则牺牲二十来个人；屈服于暴力，如大家在别的战俘营里所做的那样，不会损害他的荣誉和尊严。这些话涌到了他的嘴边。他猛然冲了出去，一边呼喊佐藤。

"等等，上校，只一会儿；我这就向他解释!"

尼科尔森上校朝他严厉地望了一眼。

"够了，克利普顿。无需向我做任何解释。我完全知道我在做什么。"

医生也没来得及走近这群人。两名卫兵粗暴地抓住他，把他按住。但是他的突然出现似乎毕竟令佐藤三思。他迟疑了。克利普顿连珠炮似的冲他嚷着，确信别的日本人听不懂他的话。

"我警告你，上校，我目睹了这一幕的全过程，我，还有医院的四十名病人。以集体暴动或企图越狱为理由是办不到的。"

他打出了最后一张、也是危险的牌。即使在日本当局眼中，佐藤也没有理由无故处决，他不该留下英国见证人。他要么一条道走到黑，杀害全体病号和他们的医生，要么放弃报复。

克利普顿感到他暂时赢了一局。佐藤似乎考虑了很久。事实上，他夹在仇恨和失败的屈辱之间感到窒息，但是他没有下令开火。

他没有给坐在对准目标的机关枪前的机枪手们下任何命令。他们这样相持了很长时间，因为佐藤不能同意"丢面子"，下令撤走武器。他们在那儿度过了大半个上午，没有冒险动一动，直至集合地点空无一人。

这是一次十分有限的成功，克利普顿不敢多想等待造反者的是什么命运。他安慰自己，心想他避免了最坏的情况。卫兵们把军官带向战俘营的监狱。尼科尔森上校被佐藤私人卫队中的两名朝鲜族彪形大汉拖走了。他被带到日本上校的办公室，一个与他卧室相连的小房间，这使上校可以经常光顾他的储酒仓库。佐藤缓缓地跟在他的俘虏身后，仔细地带上了门。不久，骨子里心肠很软的克利普顿听到了拳打脚踢的声音，浑身发起抖来。

五

上校挨了半小时的打，然后被安置在一间既无床褥又无椅子的棚屋里，他累得站不住时，只好躺在潮湿的泥地上。有人给他端来一碗撒了一层盐的米饭，佐藤有言在先，他决定服从以前将一直待在这里。

一个星期内，除了一名朝鲜族卫兵外，他没有见过其他的面孔。这卫兵是个脸长得像大猩猩的粗人，每天自作主张地在配给的米饭上多加一点盐。然而上校不得不吞下几口米饭，一口气喝光他那份不够解渴的水，然后躺到地上，试图对自己受的苦不屑一顾。他被禁止走出单人牢房，于是它变成了臭气熏天的垃圾场。

一周后，克利普顿终于获准去看他。在此之前，大夫被佐藤召去，他发觉后者脸色阴沉得像个忧心忡忡的暴君，猜想他在愤怒和试图以冰冷的口气掩饰的不安之间游移不定。

"我对所发生的事情不负责任。"他说，"桂河大桥必须迅速建成，而一名日本军官不能容忍这种对抗。你要叫他明白我是不会让步的。你告诉他，由于他的错，全体军官受到同样的对待。如果这还不够，那么士兵们将由于他的顽固而吃苦头。我至今没有打扰你们，你和你的病人。我甚至好心地同意免除他们的劳动。如果他不改变态度，我将把这份好意视为软弱。"

佐藤讲完这段恐吓话后把他打发走了，克利普顿被带到俘房面前。长官被迫忍受的处境和在如此短的时间里机体遭到的损害首先令他震惊和惶遽。几乎听不清的嗓音似乎是仍在医生耳畔回响的威严声调的遥远沉闷的回声。但这不过是表面现象。尼科尔森上校的思想没有发生任何变化，尽管音色不同，讲的话却始终一样。进来时克利普顿曾打定主意说服他让步，此时发觉根本说服不了他。他很快把准备好的论据用光，再也讲不出新的道理。上校根本不容争辩，只是说：

"请把我的不可更改的意愿转告给其他人。在任何情况下我都不能容忍本团军官像小工一样劳动。"

克利普顿离开单人牢房，又一次处于钦佩和恼怒的矛盾之中，心里乱纷纷地对长官的举止没有把握，不知该把他尊为英雄抑或视为大傻瓜。他寻思是否应该祈求天主把一个行为有可能给桂河营招来灭顶之灾的危险的疯子尽快召回去，同时赐予他烈士的光环。佐藤讲的差不多是实情。给予其他军官的待遇几乎同样不人道，部队时时受到卫兵的粗暴对待。克利普顿走开时，想着他的病人们面临的危险。

佐藤一定在等他出来，因为他朝他扑过来，两眼流露出真实的焦虑，他问道：

"怎么样?"

他还没喝过酒,看上去很沮丧。克利普顿试图估计上校的态度能使佐藤失去多少威望,他恢复了镇定,决心拿出毅力来。

"怎么样?尼科尔森上校不会向武力让步;他的军官们也一样。鉴于他受到的待遇,我没有劝他这样做。"

他首先援引国际公约,继而从医学观点,最后仅仅从人道主义出发,对受罚俘虏的饮食提出抗议,甚至宣称如此残酷的对待无异于谋杀。他料想会有强烈的反应,但是反应没有出现。佐藤只低声说这全是上校的错,然后匆匆离开了他。克利普顿此时想佐藤骨子里其实并不坏,他的行为可用重重惧怕来解释: 怕上司在造桥问题上与他纠缠不休,怕表现不出叫人服从的能力而在下属面前"丢面子"。

克利普顿天生喜好归纳,他把这种对上司和下属的畏惧的交集视为人类灾难的主要根源。他为自己表述这一看法时,似乎觉得过去在什么地方读到过一句类似的箴言。他感到某种心理上的满足,激奋的情绪稍稍平静下来。他作了进一步的思考,来到医院门前时得出了以下结论: 除这些有可能是世上最可怕的灾难之外,其余一切应归咎于那些既无上级又无下级的人。

佐藤一定考虑过了。俘虏的待遇在第二周有所好转。周末佐藤来看上校,问他是否终于打定主意像"绅士"一样行事。佐藤来时很冷静,打算唤起他的理智;但他固执地拒绝讨论一个业已解决了的问题,佐藤的情绪又激动起来,达到了不再呈现任何文明特征的谵妄状态。上校又挨了打，猴脸朝鲜族人接到了恢复最初非人饮食的严令。佐藤甚至把卫兵也痛打了一顿。他发作时无法控制自己，指责卫兵表现得过于温和。他像精神失常的人一样在单人牢房里指手画脚，挥舞手枪，威胁说为整饬纪律他要亲手处死狱卒和囚犯。

克利普顿试图再次出面干预，结果也挨了打，凡能站立的病人全被赶出了医院。他们被迫拖着病体去工地，用大车运送建筑材料，以免被鞭子抽死。几天当中，恐怖笼罩了桂河营。尼科尔森上校以傲然的沉默回应虐待。

佐藤的灵魂似乎轮番蜕变为无恶不作的海德先生的灵魂和比较有人情味的杰基尔博士的灵魂。①大施暴力之后，紧接着饮食有了非同一般的改善。尼科尔森上校不仅有权领到全份口粮，而且还领到原则上留给病号的额外食品。克利普顿获准去看他，给他治疗，佐藤甚至警告他要为上校的健康负责。

一天晚上，佐藤叫人把俘虏带到他的卧室并命令卫兵们退下。只剩下他俩时，他请俘虏坐下，从一只旅行箱里取出一个美国咸牛肉罐头、一些香烟和一瓶上等威士忌。他对俘虏说，作为军人，他无限钦佩他的举止，但这是战争，对战争他俩谁也负不了责任。他应该明白他佐藤不得不服从长官的命令，而这些命令规定桂河大桥

---

① Mr. Hyde，Dr Jekyll，苏格兰作家斯蒂文森（Robert Louis Stevenson，1850—1894）的小说《化身博士》中的人物。医学博士杰基尔为探索人们内心善与恶两种不同的倾向，发明了一种药物，服药后创造出一个名为海德先生的化身，并把内心的全部恶念分给了他。后来杰基尔无法摆脱海德，只好以自杀结束这次试验。

必须迅速造好，所以他被迫使用全部可以支配的劳动力。上校拒绝了咸牛肉、香烟和威士忌，但很有兴趣地听了这番话。他平静地回答说，佐藤对如此重大工程的有效施工毫无概念。

他重提原先的论据，争吵似乎了无止期。任何人都无法预料佐藤是否会理智地参加讨论，抑或又一次发狂。当这个问题的辩论大概触及宇宙的神秘领域时，他久久沉默不语。上校乘机提出一个问题。

"我能否问问你，佐藤上校，你对初期工程是否满意?"

这个不怀好意的问题本来会使天平向歇斯底里大发作倾斜，因为工程没有一个良好的开端，这是佐藤上校最主要的挂虑之一；他的个人处境和荣誉都押在这场战役上。不过，这不是海德先生的时刻。他乱了方寸，垂下眼帘，咕噜了一句含糊不清的答话。然后，他把一只盛满威士忌的酒杯放到俘虏手里，自己也满满斟了一杯，说道：

"哦，尼科尔森上校，我不能肯定你是否真正听懂了我的话。我们之间不该有误会。当我说全体军官应该劳动的时候，我决没有想到你，他们的长官。我的命令只涉及其他人……"

"任何军官都不劳动。"上校把酒杯放到桌上，说道。

佐藤抑制住急躁的情绪，努力保持镇静。

"几天来我考虑再三，"他又说，"我认为可以让少校们从事行政工作。只有下级军官才动手干……"

"任何军官都不干体力活儿。"尼科尔森上校说，"军官们应该指挥部下。"

佐藤无法更久地克制他的怒气。尽管他利诱、威胁、殴打和近乎恳求，上校仍不改原来的立场。回到单人牢房时，上校坚信较量已经开始，而敌人的妥协指日可待。

六

工程停滞不前。上校向佐藤询问施工的进度是触到了痛处，他作出明智的判断，料定这日本人迫不得已时会让步。

三个星期即将过去，不仅桥还没有一点影子，而且几项初步作业被战俘们搞得如此巧妙，以致需要一段时间来纠正犯下的错误。

英国士兵欣赏他们长官的坚定和勇气，对他受到的待遇义愤填膺，卫兵们的一连串辱骂和雨点般落在他们身上的拳头激怒了他们，不得不像奴隶似的为一项对敌人很宝贵的工程出力使他们气得发疯。他们与军官们分开，听不到通常的号令，感到手足无措，因此他们争先恐后地尽量少卖力气，甚至佯装诚意，犯下最大的错误。

任何惩罚也打消不了他们使坏的热情，日本小工程师有时绝望得直哭。哨兵人数不够，不可能时时刻刻监视他们；哨兵们也不够聪明，发觉不了工程中的毛病。两段路的木桩不得不重竖了二十次。工程师精确计算出来并设置了白色标杆的直线和曲线，他一转身就变成纵横交错、切成怪角的折线，令他回来时叫苦不迭。各在河流一侧、将被桥衔接起来的两端高度相差悬殊，永远对接不上。一队人突然拼命地掘起地来，结果挖了一个火山口似的坑，比规定标高低得多，而愚蠢的哨兵见他们终于起劲地干活，心里十分高兴。工程师路过时则大发脾气，不分青红皂白，把俘虏和卫兵打了一顿。卫兵们明白又一次受了愚弄，也进行了报复。但是错误已经铸成，纠正它需要好几小时或者好几天。

一队人被派往丛林砍伐造桥所需的树木。他们精挑细选，运回最七扭八歪、最不结实的木材；或者他们花大力气锯一株硕大无朋的树，树倒在河里，拖不出来；或者他们选择被虫蛀空、承受不了一点负荷的木料。

佐藤每天来工地巡视，以愈来愈暴烈的表现发泄他的怒气。他骂人，恫吓，亲自动手打人，甚至责怪工程师。后者不服，说劳动力不顶用。于是，他更大声地叫嚷，发出更可怕的诅咒，试图想出新的野蛮手段结束这场暗中的对抗。他叫俘虏们吃的苦，只有怀恨在心、几乎控制不住自己、生怕因无能被免职的狱卒才做得出来。消极怠工或进行破坏被当场抓住的人被绑在树上，挨带刺的木棒打，浑身是血，赤身裸体，任蚂蚁咬，烈日晒，整整几小时无人过问。晚上，克利普顿见一些人被同伴们抬到医院，发着高烧，背上血肉模糊。他们甚至不能在医院久留。佐藤没有忘记他们，一旦他们能拖着腿走路，便又被他送到工地，他还命令卫兵专门监视他们。

这些捣乱分子的忍耐力令克利普顿感动，有时还叫他落泪。他惊愕地看到他们顶住了这种对待。他们中间有人和他单独在一起时，总努力挺直腰杆，眨眨眼睛，用开始在缅甸和泰国的全体战俘中间流传的语言悄悄地说：

"f…ing bridge① 还没造好，大夫；f…ing 天皇的 f…ing railway②还没横穿这个 f…ing 国家的 f…ing 河。我们 f…ing 上校有道理，他知道他在做什么。如果你看到他，请告诉他我们全和他在一起，那只 f…ing 猴子和 f…ing 英军的事情还没了结！"

最残忍的暴力行为没有任何结果。士兵们已经习以为常，尼科尔森上校的榜样比他们喝不上的啤酒和威士忌更令他们陶醉。当他们中间的一个受了重罚无法继续，否则会遭到报复性命难保时，总有另一个人来接替他。他们建立了轮班制。

"更值得称道的是，"克利普顿心里想，"他们看穿了佐藤在灰心丧气之时表现出来的令人肉麻的伪善，他伤心地发觉用尽了通常那套酷刑，再也想象不出别的刑罚。"

一天，佐藤命令提前收工，对他们说怕他们劳累过度，然后要他们在他的办公室前集合。他向他们分发从邻村泰国农民那里买来的米糕和水果，作为日军激励他们不再消极怠工的礼物。他摒弃一切傲气，低三下四，以和他们一样出身平民为荣，他普普通通，只求尽责任，不想找麻烦。他提醒他们，军官们拒绝劳动，结果加重了每个人的任务。他理解他们的怨恨，不责怪他们。他不怨他们，为了表示同情，他自作主张减轻了任务。工程师规定每人填土一方

---

① ② 英文，"他妈的桥"，"他妈的铁路"之意。f…ing 系 fucking 的缩写，是个粗俗的俚语。

半；他佐藤呢，他决定改为一方。他这样做是因为他可怜他们，但他们受苦责任不在他。他希望他们在这一友善的举动面前表现出诚意，赶快结束这项有助于缩短这场该死的战争的简易工作。

讲到最后，他的语调近乎恳求，但是祈求并不比酷刑更有效。次日，任务如数完成。每个人一丝不苟地挖掘并运走了自己的那方土，有些人甚至更多；但是土被运到的地点违反最起码的常识。

佐藤让步了。他已经山穷水尽，俘虏的固执使他变得委实可怜。失败之前，他眼里露出困兽的惊慌，在营地跑来跑去。他甚至哀求最年轻的中尉们亲自挑选工作，许诺给予特别奖励和大大超出常量的饮食。但是人人坚定不移。他怕日本最高当局来视察，只好忍气吞声，丢脸地投降了。

为了"保全面子"，掩饰他的失败，他筹划了一个绝望的活动，但是这个可悲的企图连他自己的士兵也欺骗不了。一九四二年十二月七日是日本参战纪念日，他命人宣布为纪念这个日子，他主动撤消一切惩罚。他和上校谈了一次话，通知后者他采取了一项仁至义尽的措施：免除军官的体力劳动。作为交换，他希望军官们尽心尽力地领导部下工作，争取获得良好的效益。

尼科尔森上校表示他会考虑如何行事。既然双方的立场建立在正确的基础上，他没有理由设法反对战胜者的方案。和在一切文明军队中一样，他当然认为军官应对士兵的行为负责。

日方彻底投降了。这天晚上，英军战俘营用歌声、欢呼声和一份额外的米饭庆祝胜利，这是佐藤为强调他作出的姿态，咬着牙下令分发的。当晚，日本上校早早把自己关在房中，为受到玷污的荣誉哭泣，把一腔怒火淹没在酒中，一刻不停地独自痛饮至半夜；他烂醉如泥，摔倒在床上，只有在特别场合他才落到这步田地，因为他酒量大得出奇，最不合规范的混合酒一般也醉不倒他。

七

　　尼科尔森上校在通常的顾问休斯少校和里夫斯上尉陪同下，沿着战俘们正在修建的路堤朝桂河走去。

　　他缓缓而行，毫不着急。获释后他立即赢得了第二个胜利，为自己和军官们争得了四天全休，作为受到不公正惩罚的补偿。佐藤想到新的延误，攥紧了拳头，但还是屈服了。他甚至下令对战俘以礼相待，还打扁了一个日本兵的脸，他以为在这张脸上看到了讥讽的微笑。

　　尼科尔森上校要求放松四天，不仅是到地狱走了一遭后需要恢复体力，这也是为了如一切有责任心的长官所做的那样进行思考，认清形势，与自己的参谋讨论，制订行动计划，而不像他最恨的那样盲目乱闯，临阵磨枪。

　　他无需多久便发觉他的部下一贯地不按标准施工。休斯和里夫斯发现他们工作的惊人结果时不禁大叫。

　　"多妙的铁路堤啊！"休斯说，"先生，我提议在团内表扬负责人。想想看，满载弹药的火车得在上面行驶呵！"

上校保持庄重的神色。

"干得漂亮。"原公共工程工程师里夫斯上尉补充道，"任何一个明白人都不会相信他们有意在这些过山车一样的地方建造铁路。我宁可再与日军对阵，先生，也不愿在这条线路上旅行。"

上校沉默片刻，提了一个问题：

"照你的意见，里夫斯，照你技术人员的意见，这一切能不能用？"

"我想不能，先生。"里夫斯思考了一下说，"他们应当马上丢开这个乱摊子，在不远处另修一条路。"

尼科尔森上校似乎心事越来越重。他摇摇头，继续一言不发地走路。他坚持看完整个工地再发表意见。

他们来到桂河附近。一队人正在未来的铁路周围忙碌，他们有五十余人，几乎赤身露体，只戴一条日本人发的、权当工作服的三角巾。一名荷枪哨兵在他们眼前走来走去。队里的一部分人在远处掘地，另一部分人用竹筐运土，把土倒在用白色小木桩标出的一条线的两侧。最初划定的线与河岸垂直，但战俘们不怀好意地巧施妙计，把它改得几乎与河岸平行。日本工程师不在场。人们瞥见他在河对岸，在每天早上用筏子运往左岸的另一群人中间指手画脚。还听得见叫骂声。

"这行木桩是谁立的？"上校停下来问道。

"是'他'立的，先生。"一名英军下士在长官面前立正，指着工程师说。"是'他'立的，但我帮了点忙。他走后我做了小小的更正。先生，我们的想法并不始终一致。"

由于哨兵稍稍走远了一点，他乘机默不作声地挤了挤眼睛。尼科尔森上校没有回答这个心照不宣的表示。他阴着脸。

"我看到了。"他用冷冰冰的语调说。

他未作其他评论，依然走他的路，在另一名下士面前停下来。这人和几个帮手在一名日本兵毫无表情的注视下，费尽九牛二虎之力清除工地上的巨大树根，把树根拖到一道坡的坡顶，而不将其推到沟底。

"这个队今早有多少人干活？"上校气势汹汹地问道。

卫兵瞪圆眼睛盯着他看，寻思是否有令任人这样质问俘虏；但上校的口气如此蛮横，结果他一动也没动。下士急忙站起来，用迟疑的声音回答：

"二十或二十五个，先生，我不大清楚。有个人到达工地时感到不舒服，突然头昏眼花……原因不明，先生，因为他醒来时身体还很好。三四个同志'不得不'把他抬到医院，先生，因为他走不动。他们还没回来。先生，他是全队最重、最结实的人。在这种情况下，先生，我们将无法完成任务。一切倒霉的事似乎都联合起来反对这条铁路。"

"下士们应当知道他们指挥的准确人数……"上校说，"是什么任务？"

"每人每天挖运一方土，先生。有这些该死的树根，先生，我觉得这超出了我们的体力。"

"我看得出来。"上校更加生硬地说。

他在牙缝里叽咕了几句难懂的话走开了，休斯和里夫斯跟在后面。

他与随从登高俯视河流和工程的全貌。桂河在此地宽百余米，陡峭的河岸大大高出水面。上校从各个方向细察了地形，然后和下属讲话。他发表的是些老生常谈，但嗓音又变得浑厚有力：

"这些人，我是说日本人，刚刚脱离野蛮状态，而且脱离得太快。他们试图抄袭我们的方法，但没有消化吸收。夺走他们的样板，他们就完了。在这儿，在这个峡谷，他们没有能力把需要一点聪明才智的事情办好。他们不知道，与其毫无章法地忙乱，不如事先稍作考虑倒能赢得时间。里夫斯，你怎么看？铁路和桥梁是你的专业。"

"当然，先生。"上尉带着本能的机敏回答，"这类工程我在印度搞了不止十项。靠丛林中的材料和我们现有的劳动力，一名合格的工程师造桥用不了半年……有些时候，我承认，他们的无能使我怒气冲天！"

"我也一样。"休斯坦言道，"我承认这片混乱景象有时令我恼怒。当事情简单得……"

"而我呢，"上校打断他的话，"你们以为我对这件丢脸的事感到高兴？今天早上的所见所闻着实令我不快。"

"无论如何，先生，我认为在入侵印度这件事上我们可以放心，"里夫斯上尉笑着说，"倘若，如他们所说，他们的铁路应该有助于此的话。桂河大桥尚未准备好承载他们的火车！"

尼科尔森上校追随着自己的思路，一双蓝眼睛盯着他的合作者们。

"各位，"他说，"我想我们大家必须十分坚定，重新把部下控制在手中。他们从这些蛮子那里沾染了与英国士兵的身份不相容的放任懒惰的习惯。对此还需要耐心和分寸感，因为他们不能对这种状况负直接的责任。他们需要权威，但他们没有。拳头代替不了权威，我们见到的情况便是证明……只有忙乱，没有任何实效。这些亚洲人自己证明了他们在指挥上是外行。"

　　出现了片刻的静默。两名军官暗暗思忖这番话的真实含义。话讲得很明白，没有任何弦外之音。尼科尔森上校以惯常的率直讲话。他又沉思了一会儿，然后接着说：

　　"所以我要求你们，也将要求全体军官，一开始要为理解作出努力。但在任何情况下，我们的耐心都不应变为软弱，否则我们很快会沉沦得和这些原始人一样深。我将亲自和部下谈。自今日起，我们应该纠正最激起反感的错误。士兵们显然不该以任何借口离开工地。下士们必须毫不犹豫地回答向他们提出的问题，我无需强调必须坚决制止任何破坏或耍花招的意图。铁路必须是水平的，不该呈现类似过山车的形状，正如你作的十分贴切的比喻，里夫斯……"

第二部

一

在加尔各答，"三一六部队"首长格林上校正聚精会神地重读一份报告，这份报告是经过一系列复杂的手续，充实了半打军事或民政机密部门的批注后才转到他手里的。三一六部队（圈内人称其为"塑性炸药和破坏股份有限公司"）尚未发展到战争后期在远东具备的规模，但已经积极地、特别精心地为了明确的目的照管着日本在马来亚、缅甸、泰国和中国等被占领国家的设施，努力以执行者的胆略替代手段的不足。

"我是头一次看到他们意见完全一致。"格林上校低声说，"我们该干些事。"

这句评语的第一部分是针对三一六部队必须与之合作的许多机密部门讲的，这些部门互不通气，小心翼翼地保持对各自手法的垄断，常常作出互相矛盾的结论。这使格林上校大为恼火，他必须根据收到的情报制订一项行动计划。——"行动"是三一六部队的专长；格林上校只在理论和讨论会聚于行动时才肯表示兴趣。他甚至由于每天至少向下属阐述一遍该观点而出了名。——他必须花费一部分时间试图从各份报告中得出真相，不仅要考虑情报本身，还要考虑各发报机构的心理倾向（乐观、悲观、想随便渲染事实，或者相反，完全没有阐释能力）。

在格林上校的心中，一个特殊的位置留给了真正的、伟大的、鼎鼎大名的、独一无二的 Intelligence service①。该情报处认为自己超凡脱俗，一贯拒绝与行政部门合作，把自己关在象牙塔里，以过分机密为借口，不让任何有可能加以利用的人翻阅最珍贵的档案，细心地将其锁在保险柜里，经年累月，直至变得没有用处。更确切地说，直至战争结束很久以后，一位大老板感到有必要在去世前撰写回忆录，向后人袒露心迹，向赞叹不已的国民透露，在某个日期，某个场合，情报处多么洞察入微地识破了敌人的全部计划，对敌人进攻的时间地点事先作了十分精确的测定。这些预测准确得不差毫厘，因为上述敌人的确在此种情况下发动了攻击，并取得了同样事先估计到的成功。

这至少是格林上校或许有点极端的看法，他不欣赏情报方面为艺术而艺术的理论。想到以前的一些遭遇，他咕哝了一句难以听懂的评语；接着，面对当前各份情报的准确和奇迹般的一致，他几乎为必须承认这一次情报部门完成了一件有益的工作而感到悲伤。他宽慰自己，不大诚恳地断定报告中包含的情报在整个印度早已为人知晓。最后，他在头脑中把这些情报作了概括和分类，思考着如何

————————

① 英文，情报处。

加以利用。

"缅泰铁路正在修建中。日本人带去的六万名盟军俘虏被当作劳动力,在非人的条件下工作。尽管伤亡惨重,但可以预料这项对敌人至关重要的工程将在几个月后完工。附上近似路线图一份,该路线数次经木桥过河……"

格林上校默默回想到这里,感到完全恢复了愉快的心境。他满意地浅浅一笑,继续回想:

"泰国人民对其保护者极为不满,后者征用了大米,士兵们胡作非为。铁路沿线的农民情绪尤为激昂。泰军数名高级军官,甚至王室的一些成员,与盟军进行了秘密接触,准备从内部支持有许多游击队员志愿参加的抗日行动。他们需要武器和教官。"

"不该犹豫了。"格林上校作出结论,"我必须派一队人到铁路沿线去。"

他作出决定后,对这个特遣组的组长应该具备的种种品质沉思良久。经过费力的筛选,他召见了希思少校,少校原是骑兵军官,三一六部队刚一组建便转入了这个特殊的机构,甚至还是它的发起人之一。这支部队是靠了个人的顽强主动精神,并得到寥寥几位军事权威毫无热情的支持才得见天日的。希思在欧洲完成了好几项棘手的任务,最近才从欧洲抵达此地。格林上校与他进行了长谈,告知他全部情报,勾勒了他的使命的大致轮廓。

"你随身带上一些装备,"他说,"以后根据需要再向你空投。至于如何行动,你到现场再看,但是不必太着急。依我看,与其进行几次不大重要的干涉引起警觉,不如等铁路竣工再给予重击。”

说明“行动”的确切形式和有关装备的类别是没有必要的。“塑性炸药和破坏股份有限公司”存在的理由使任何补充解释成为多余。

在此期间，希思应该与泰国人接触，证实他们的善意和忠诚，然后开始训练游击队员。

“我看你的小组目前由三人组成。”格林上校建议道，“你看如何？”

“我觉得很合适，先生。”希思表示赞同，“至少需要一个由三名欧洲人组成的核心；如果人更多，我们有可能引起注意。”

“我们意见一致。你想带谁去？”

“我提议沃登，先生。”

“沃登上尉？沃登教授？你真会挑人，希思。加上你，这是两名我们最优秀的分子。”

“我理解这是一项重要的使命，先生。”希思以平淡的语调说。

“这是一项十分重要的使命，包括外交和行动两个方面。”

“为此，先生，沃登正是我所需要的人。一名原东方语言教授！他会泰语，能和土著交谈。他通情达理，不会过分激动……不会超过必要的限度。”

“带上沃登吧。另一个呢？”

“我要考虑一下，先生。很可能是结束了学业的年轻人中的一位。我见到过好几位，看上去很合适。明天我将告诉你是哪一位。"

三一六部队在加尔各答办了一所学校，训练年轻的志愿人员。

"好吧。请看这张地图。我标出了可以空降的地点，特工们肯定你们在那儿可以藏到泰国人家中，没有被人发现的危险。已经作了空中侦察。"

希思俯身在地图和放大的照片上，专心地审视被三一六部队选作泰国非正统战场的地区。他感到一阵战栗，每当他即将启程远征一个陌生的国度时，他总要打寒战。三一六部队的每一项使命都有令人兴奋的一面，但是这一次，冒险的诱惑由于丛林密布居住着走私者和猎人的群山的野性而更带刺激性。

"有好几个地点看上去很合适，"格林上校又说，"比如这个孤零零的小村庄，距缅甸边境不远；似乎离铁道有两三天的路程。根据近似路线图，铁道应该在此过河……桂河，如果平面图准确的话……在这儿，很可能将有一座全线最长的桥。"

希思莞尔一笑，正如他的长官想到铁路多次穿河而过时所做的那样。

"在未作更深入研究的情况下，先生，我认为这个地点完全适合作司令部。"

"好吧。现在只剩下组织空降了。我想这要过三四个星期，如果泰国人同意的话。你跳过伞吗？"

"从来没有，先生。我离开欧洲时，这种手段刚刚开始通行。我想沃登也没跳过。"

"请稍等片刻。我要问问专家是否可以给你们训练几次。"

格林上校抓起话筒，叫通皇家空军机关，陈述了他的请求。答复相当长，似乎没有令他满意。希思目不转睛地望着他，发现他一脸不高兴。

"这真是你最后的意见吗？"格林上校问。

他双眉紧蹙待了片刻，然后挂上了电话。沉默了一会儿后，他终于决定作些说明。

"你想听听专家的意见吗？下面就是，这是他的原话：'如果你坚持非要你的部下搞几次跳伞训练，我将向他们提供手段，但我真的劝他们别这样做，除非他们有半年时间进行认真的准备。在这样的地形上执行这类任务，我的经验可以概括如下：如果他们跳一次，你听清楚了吗？他们大约有百分之五十的机会摔断胳膊腿儿。如果他们跳两次，则有百分之八十的机会。如果跳三次，那么他们绝对有把握不会安然而归。你明白吗？这不是训练问题，而是概率问题。真正的审慎在于一次空降，安全的那一次……'以上是他说的。现在你决定吧。"

"先生，有专家解决一切困难是我们现代军队的一大优势。"希思正儿八经地回答，"我们不能希望比他们更聪明。另外，我觉得此人的看法合情合理。我肯定沃登的理性头脑会赏识这个看法，他会同意我的意见。我们将像此人建议的那样只跳一次……安全的那一次。"

二

"里夫斯，我似乎感到你不满意。"尼科尔森上校对工兵上尉说，后者的态度表露出受到压制的愤怒，"怎么了？"

"不满意！……我们不能这样下去了，先生。我向你保证这办不到。而且我下定决心就在今天和你推心置腹地谈一谈。在这儿的休斯少校也同意我的看法。"

"怎么了？"上校蹙起眉头重复道。

"我完全同意里夫斯的意见，先生。"休斯说，他离开了工地来和长官碰头，"我也一样，我一定要向你指出不能这样继续下去了。"

"究竟怎么回事？"

"我们完全处于无政府状态。自任职以来，我从未见过如此头脑不清，如此缺乏条理的情况。这样下去我们将一事无成。我们在原地踏步。大家都在下互不连贯的命令。这些家伙，这些小日本，实在毫无指挥概念。如果他们坚持插手这项工程，它决不会搞好。"

自从英国军官领导班组以来，工作无疑有了好转，工程在数量和质量上的进展有目共睹，但显然并非事事尽如人意。

"请讲清楚点。里夫斯，你先讲。"

"先生，"上尉从衣兜里掏出一张纸，说道，"我只记下了大的谬误；不然单子就太长了。"

"讲吧。我来这儿就是为了听合理的抱怨，考虑一切建议。我的确感到情况不妙。你们给我一点启发吧。"

"那好，第一，先生，在此地造桥简直是发疯。"

"为什么？"

"地基是淤泥，先生！从来没听说过把铁路桥建在活动地基上。只有像他们这样的蛮子才会有这样的念头。我向你担保，先生，过第一辆火车时桥就会倒塌。"

"这很严重，里夫斯。"尼科尔森上校用那双明亮的眼睛盯着他的合作者说。

"非常严重，先生；我曾试图向日本工程师证明这一点……工程师？天主啊，一个叫人瞧不起的修补匠！连地面的承受力都不知道，瞪圆了眼睛听人家列举压力数字，英语也说不好，你去给这样一个人讲道理！不过我很耐心，先生。我用了一切办法说服他，甚至做了一个小实验，心想他不能否认亲眼见到的事。我白费了力气。他坚持在淤泥上造桥。"

"一个实验，里夫斯？"尼科尔森上校问道，这个字眼总唤起他强烈的好奇心。

"非常简单，先生。一个孩子也能明白。从这儿你看见靠近岸边的水里有根柱子吧？这是我叫人用大铁锤打进去的。喏，它已经有很长一段插进土里，但尚未触到坚固的河底。每一次锤打柱头，柱子便往下陷，正如全部桥桩将在火车的重压下往下陷一样，这点我可以担保。必须浇铸混凝土地基，而我们没有办法这样做。"

上校专心地看着木桩，问里夫斯是否可以当他的面做实验。里夫斯下了一道命令，几名战俘走过来拉一根绳子。一个吊在脚手架上的沉重的大铁锤落到木桩顶端两三次。木桩下陷得很厉害。

"你看到了，先生。"里夫斯得意地说，"我们可以一直打到明天，情形也不会变。木桩很快将消失在水里。"

"好，"上校说，"现在陷进土里多少英尺？"

里夫斯根据记录说出了准确的数字，并补充说丛林最高大的树木也触不到坚固的河底。

"好极了。"尼科尔森上校带着显而易见的满足下了结论，"这很清楚，里夫斯。正如你所说，一个孩子也会明白。我喜欢这种论证。工程师没有被说服？我可被说服了；你要牢牢记住这是最重要的。现在你建议如何解决？"

"改变桥址，先生。我认为离此大约一英里有个合适的地点。当然必须验证……"

"必须验证，里夫斯，"上校用平静的嗓音说，"并且给我数字以便说服他们。"

他记下这第一点，然后问道：

"别的呢，里夫斯？"

"造桥材料，先生。他叫人砍的那些树！我们的士兵不是挺内行地开始挑选了吗？他们至少知道自己在做什么。唉！有这个工程师，情况好不了多少，先生。他派人乱砍乱伐，不管木质是软是硬，可否弯曲，是否经得住将要承载的重量。真丢人，先生！"

尼科尔森上校在作笔记的那小片纸上另起了一行。

"还有什么，里夫斯？"

"我留着这个最后讲，先生，因为它最重要。你和我一样看到了，河至少宽四百英尺。河岸很高。桥面将高出水面一百多英尺。这是项重大的工程，对吧？这不是件儿童玩具吧？那好，我几次要求这位工程师把他的施工图拿给我看。他按他的方式摇摇头，他们为难时全这样做……直到我毫不含糊地向他提出了问题。于是……不管你信不信，先生，没有图。他没有绘图！他无意绘什么图！……看样子也不知道什么是施工图。保准没错；他打算造这座桥，如同在一道沟上搭个便桥；随便竖几段木头，上面架几根梁！这绝对立不住，先生。我参加如此马虎的工作真感到羞愧。"

他的义愤出自真心，尼科尔森上校认为应该讲几句劝慰的话。

"冷静些，里夫斯。你把心里话全掏了出来，这样做很对，我非常理解你的观点。人人都有自尊心。"

"对极了，先生。我讲的是真心话。我宁可再受虐待，也不愿意帮助这个怪物出世。"

"我认为你完全正确，"上校记下这最后一点，说道，"这显然十分严重，我们不能听之任之。我会考虑的，我答应你……该你了，休斯。"

休斯少校和他的同事一样情绪激昂，这种心境颇为奇怪，因为他是个性情安详的人。

"先生，只要日本卫兵——你瞧瞧他们，先生，一群名符其实的蛮子！——时时想下命令，我们便永远整顿不好工地的纪律，使部下认真工作。就在今天早上，我把筑路堤的每个队分成三组：第一组挖土，第二组运土，第三组垫土，把堤整平。我不辞辛苦，亲自规定每组的人数，明确任务，以保持同步……"

"我懂，"上校说，再次来了兴致，"某种工作的专门化。"

"完全正确，先生……我毕竟有搞土方工程的经验！任经理前，我当过工地主任，掘过三百余英尺深的井……所以，今天早上我的班组开始这样干活，进展非常顺利，比日本人规定的时间大大提前。好嘛！一只大猩猩来了，开始指手画脚，大声吼叫，要求把三个组合并为一。我猜想这样更容易监视……白痴！结果呢？杂乱无章，一片混乱。他们互相妨碍，停步不前。这真叫你恶心，先生。你看看他们。"

"一点不错，我看到了。"尼科尔森上校认真地看了看，表示赞同，"我已经注意到这种混乱。"

"还有哩，先生：这些傻瓜规定了每人一方土的任务，他们不明白，如果领导有方，我们的士兵能做得更多。先生，咱们之间说说，这是给孩子的任务。当他们认为每个人都挖了、运了、垫了他的那方土，先生，事情就算完了。我跟你说他们是笨蛋！如果只剩下几筐土要撒，把两段分开的路连接起来，哪怕太阳还老高，你以为他们会要求再做些努力吗？更经常的是他们要班组收工，先生！我怎能下令继续干活呢？在部下面前我成什么人了？"

"你真的认为这个任务很轻吗?"尼科尔森上校问道。

"它简直可笑,先生。"里夫斯插嘴说,"在印度,气候和这里一样恶劣,土质要坚硬得多,但苦力们做一方半并不费力。"

"我也觉得如此……"上校若有所思。"我过去在非洲领导过这类工作。是修公路。我的部下速度快得多……当然不能再这样继续下去了。"他坚定地下了决心,"你们和我谈做得很对。"

他把记录又读了一遍,考虑了一下后对两位合作者说:

"休斯,还有你,里夫斯,你们想不想知道依我看这一切的结论是什么?你们向我指出的全部缺点几乎只有一个根源:完全缺乏组织。而我是罪魁祸首:我本该一开始便把事情搞好。欲速则不达。一个简单的组织,这正是我们首先应该创建的。"

"你说得对,先生。"休斯表示赞同,"这样的工程如果一开始没有牢固的基础,那必定会失败。"

"最好我们开个会。"尼科尔森上校说,"我本该早些想到……我们和日本人。有必要共同讨论,确定每个人的作用和责任……开一次会,就这样。今天我就和佐藤谈。"

三

会议于几天后举行。佐藤不大清楚会上要谈什么，但他同意参加。他不敢要求补充解释，担心显出不了解他既仇恨又不由自主深感兴趣的一种文明的习俗会有失身份。

尼科尔森上校开了一张需要讨论的问题的单子，在作食堂用的长棚屋里等着，身边簇拥着他的军官们。佐藤在他的工程师和几名贴身卫士的陪同下来了，他还带来三名上尉壮大随从队伍，尽管他们一句英语也不懂。英国军官起身立正。上校行了军礼。佐藤似乎不知所措。他抱着显示权威的意图前来，面对这合乎传统、威风凛凛的立正和军礼，他感到自己明显地处于劣势。

出现了颇长时间的冷场，尼科尔森上校用眼光询问显然应该主持会议的日本人。开会不能没有主席。西方的习俗和礼貌要求上校等待对方宣布讨论开始。但是佐藤感到愈来愈不自在，他难以忍受成为全场注目的焦点。文明世界的客套使他相形见绌。在下属面前，他不能承认这种客套对他是个谜，他怕发言会出差错，坐在那儿发呆。日本小工程师显得更不自信。

佐藤尽力使自己镇静下来。他以不高兴的口气问尼科尔森上校有什么话要说，这是他找到的最无损名誉的话。上校见从他那里什么也得不到，便决定行动，讲出愈来愈焦虑的英方开始以为没有希望听到的那些话。他以"各位"开场，宣布开会，用几句话阐述了自己的目的：建立架设桂河大桥的合宜的组织，勾勒行动方案的大致轮廓。同时与会的克利普顿——上校把他召来，因为一名医生对总体组织的一些问题有权发表意见——注意到他的长官完全恢复了堂堂的仪表，随着佐藤愈来愈尴尬，他越发显得从容自如。

作完例行的简短开场白后，上校进入正题，开始谈第一个重要问题。

"首先，佐藤上校，我们应该谈谈桥址。我想它确定得过于仓促，现在我们觉得有必要作个更动。我们看中了河下游距此大约一英里的一个地点。这当然会增加铁路的长度。另外最好迁移营地，在工地附近搭建新的棚屋。不过我想我们不应该犹豫。"

佐藤发出低沉嘶哑的叫声，克利普顿以为他要发火了。他的心情是不难想象的。时间在流逝。一个多月过去了，还没有完成任何实际工作，可如今有人向他建议扩大工程的规模。他猛然站起来，一只手紧紧攥着军刀柄；但是尼科尔森上校没容他继续表现。

"对不起，佐藤上校，"他盛气凌人地说，"我让我的合作者，工兵军官里夫斯上尉做了一个小小的研究，他是我们的桥梁专家。这个研究的结论……"

两天前，他亲自认真观察了日本工程师的举止，终于确信后者能力不够。他立即采取了一个有力的决定。他紧紧抓住他的技术合作者的肩膀，大声说道：

"听我说，里夫斯。和这个比我还不懂桥梁的修补匠在一起，我们将一事无成。你是工程师，对不对？那好，你替我把这整个工作从头做一遍，根本不用考虑他的言行。你先给我找一个合适的桥址。然后我们再看。"

里夫斯很高兴重操战前旧业，仔细地研究了地形，在河流的不同地点作了探测。他发现了几乎十全十美的土壤。硬沙地完全适于支撑桥梁。

不等佐藤找到表达愤怒的字眼，上校便请里夫斯发言。后者陈述了几条技术原则，列举了每平方英寸地面承受的以吨为单位的压力数字，论证假若坚持在淤泥上造桥，它会在火车的重压下下陷。他作完陈述后，上校以全体与会者的名义向他致谢，最后说：

"佐藤上校，我觉得我们显然应该更动桥址，以免出大事故。我能问问你的合作者的意见吗？"

佐藤咽下怒气，又坐下来，与他的工程师开始了热烈的交谈。不过，日本人没有把技术人员中的尖子派往泰国，他们对宗主国的工业动员是不可或缺的。这一位力不从心，显然缺乏经验、自信和权威。当尼科尔森上校把里夫斯计算的数字摆在他面前时，他脸红了，作出沉思的样子。最后，他羞愧难当，由于过分激动而无法进行核实，可怜巴巴地说他的同事算得对，几天来他本人也得出了类似的结论。这话丢尽了日方的脸，佐藤面色煞白，变了样的脸上沁出了汗珠。他含糊地略略作了个赞成的表示。上校继续说：

"那么我们在这一点上取得了一致，佐藤上校。这意味着直至今日实施的工程全部作废。再说这些工程有严重缺陷，无论如何也该重搞。"

"工人不好。"佐藤寻求报复，恼怒地低声抱怨，"日本士兵用不了两星期就能修好这两段路。"

"日本士兵肯定能做得更好，因为他们习惯受他们长官的指挥。我希望，佐藤上校，不久便能让你看到英国士兵的真正面貌……附带说说，我应该通知你我改动了我的部下的任务……"

"改动！"佐藤吼道。

"我加重了任务，"上校冷静地说，"从一方加到一方半。这是为了总体的利益，我想你会赞成这个措施的。"

日本军官惊呆了，上校乘机开始谈另一个问题。

"你应该明白，佐藤上校，我们有自己的方法，我希望向你证明这些方法的价值，条件是能够完全自由地使用。我们认为这类工程的成功几乎完全取决于基层组织。以下是我就此提出的方案，现提交你审批。"

在此，上校透露了两天来他在参谋部的帮助下起草的组织方案。该方案比较简单，与形势相适应，恰如其分地利用了每一个人的能力。尼科尔森上校统管全局，独自向日本人负责。里夫斯上尉受托制订前期理论研究的整个计划，同时被任命为实施计划的技术顾问。惯于调动人员的休斯少校指挥施工，类似于一个包工头。升任各班组组长的部队军官直接听命于他。还设立了一个行政处，上校安排他最好的会计士官担任领导，负责联络、传达命令、监督任务的执行、分发和维修工具，等等。

"这样一个处是绝对必要的。"上校附带地说，"我提议，佐藤上校，由你派人检查仅仅一个月前分发的工具的状况。真丢人现眼……"

"我强烈要求这些基本点被接受。"尼科尔森上校描述了新机构的每个部门，解释了创立该机构的理由后，抬起头来说道，"此外，如果你愿意，我随时准备向你提供进一步的说明。我向你保证，你的一切建议将得到认真的研究，你同意所有这些措施吗？"

佐藤自然还需要其他一些解释，但上校讲这番话时神态如此威严，他禁不住又作了个同意的表示。他只点了点头，全盘接受了这项方案，它把日方的主动性完全排除在外，迫使他本人扮演几乎微不足道的角色。他已不再计较受到的屈辱，为最终看到这项维系着他生命的工程竖起支柱，他甘愿作出全部牺牲。为了加速施工，他还违心地勉强相信了西方人奇特的准备工作。

初步的胜利鼓舞了尼科尔森上校，他又说：

"现在有一点很重要，佐藤上校，就是规定的期限。你明白，是吧，最长的路线要求额外的工作。此外，搭建新工棚……"

"为什么搭新工棚？"佐藤抗议道，"战俘们完全可以走一二英里去工地。"

"我请我的合作者研究了两种解决办法，"尼科尔森上校耐心地反驳说，"研究的结果是……"

里夫斯和休斯的计算清楚地表明，走路浪费的时间加起来大大超过建立新营地所需的时间。佐藤又一次在西方人深谋远虑的思辨面前不知所措。上校继续说：

"另一方面，由于责任不在我方的令人遗憾的误会，我们已经浪费了一个多月。要在规定日期造好桥——我保证做到，如果你接受我的新提议——必须立即伐树，准备梁木，同时其他一些班组修建铁路，另外一些搭盖工棚。在这种情况下，根据对组织劳动力十分有经验的休斯少校的估算，我们没有足够的人手如期结束工程。"

尼科尔森上校在充满专注与好奇的静默中沉思片刻，然后以他浑厚有力的嗓音继续说：

"佐藤上校，以下是我的建议。我们将立即把大部分英国士兵用来造桥，只留一小部分人筑路，我请求你把日本士兵借给我们增强这组的力量，以便尽早修完这第一段路。我想你的部下同样可以建造新营地。他们干竹活比我的部下更灵巧。"

在这个瞬间，克利普顿陷入了周期性的大感动之中。以前，他有好几次想扼死自己的长官。现在，他的视线无法从这双蓝眼睛上移开。这双眼睛先盯住日本上校，然后天真地、一个接一个地请全体与会者作证，好像在寻求对这项申请的公正性的赞同。克利普顿的脑际掠过一丝怀疑：在这看上去如此清澈透明的外表后面，可能在玩弄巧妙的权术。他焦急地、热切地、拼命地仔细观察这张安详的面孔的每一个表情，疯了似的想在其中发现一个阴险隐秘的念头的蛛丝马迹。片刻后，他气馁地垂下了头。

"这不可能。"他作出决断，"他讲的每一句话都是真诚的。他的确千方百计想加快工程的进度。"

他直起身子观察佐藤的态度，从中得到了一点安慰。这日本人的面孔是一个耐力已达极限的受刑者的面孔。耻辱和愤怒煎熬着他；但他落入了这一连串无情推理的圈套，很难有机会作出反应。他在反抗和顺从之间左右摇摆，然后又一次屈服了。他狂热地希望随着工程的进展恢复一点威信，他还不明白西方的智慧快要使他沦落到卑劣的田地。克利普顿认为他没有能力再爬上弃绝的斜坡。

佐藤以自己的方式投降了。大家突然听到他声音凶狠地用日语向他的上尉们下达命令。由于上校讲得很快，只有他一个人听得懂，因此他作为自己的想法介绍了上校的提议，并把它变成专横的命令。他讲完后，尼科尔森上校提出了最后一点，一个细节，但相当棘手，因此他非常小心。

"我们还需要确定你的部下筑路堤的任务，佐藤上校。我首先考虑一方土，以免他们过度劳累，但也许你认为应该与英国士兵的任务相等？况且这还能促成有益的竞赛……"

"日本士兵的任务将是两方。"佐藤大声叫道，"我已经下了命令！"

尼科尔森上校表示同意。

"在这种情况下，我想工程会进展很快……我没有什么可补充了，佐藤上校。我唯有对你的谅解表示感谢。各位，如果没有意见要提，我想我们可以宣布散会了。明天我们将在打好的基础上开始。"

他起身敬礼，神气十足地离开了会场，很满意按自己的意思引导了辩论，使明智占了上风，把造桥工作大大推进了一步。他表现得机智策略，意识到他以尽可能好的方式部署了自己的力量。

克利普顿和他一起离开，陪他朝棚屋走去。

"这些没头脑的人，先生！"医生好奇地注视着他说，"想想看，没有我们，他们即将把桥造在淤泥地基上，满载部队和军火的火车一压，桥就塌啦！"

他讲这番话时两眼闪着奇异的光彩；但是上校不动声色。斯芬克司不可能泄露不存在的秘密。

"是吗？"他一本正经地回答，"他们正是我一直认为的那种人：非常原始的人民，仍处于童年期，过快地涂了一层文明的釉彩，其实没有学到任何深刻的东西。对他们弃之不顾，他们便不可能前进一步。没有我们，他们仍将处于帆船时代，没有一架飞机。一群名符其实的孩子……可是奢望很高，克利普顿！如此重大的工程！请相信我，他们只有能力用藤条搭桥。"

四

西方文明所设计的桥和日本士兵习惯于在亚洲大陆搭的实用脚手架不可同日而语。造桥使用的方法也没有更多的相似之处。日本帝国当然拥有合格的技术人员，但是他们留在了宗主国。在被占领国家，工程交给军队负责。匆匆派往泰国的几位专家既无威信，又无多大能耐，常常对军人听之任之。

这些军人在被征服国家挺进的过程中遇到一些被撤退的敌人毁坏的桥隧工程，他们迫不得已干得很快，而且在某种程度上——必须承认——效率很高。他们的作法是首先把一行行木桩打入河底，然后把一段段木料横七竖八地架在这些支柱上，木料的固定毫无计划，不讲技巧，完全无视静力学，在立即做的试验暴露出弱点的地方层层叠叠再加几段。

这个粗糙的上部建筑往往很高，在上面安放两排平行的粗大梁木支撑铁轨，这些梁木是唯一切削得比较方正的木料。于是桥就算造好了。它满足一时的需要，既无栏杆，又无人行道。行人如想过桥，必须在高悬于深渊之上的梁木上行走并保持平衡，日本人对此倒很在行。

第一辆列车颠簸着缓缓驶过。火车头有时在与地面的接合处脱轨，但一队手拿撬棒的士兵一般能使它重上轨道。火车继续奔驰。如果它把桥震得过于厉害，便添几块木料。下一辆列车以同样的方式行进。脚手架挺立了几天，几星期，甚至几个月；然后一场洪水把它冲走，或者一连串过分强烈的震荡使它倒塌。于是日本人不无耐心地重新搭建。建材由取之不尽的热带丛林提供。

西方文明的方法显然没有这样简单，代表该文明的要素之一——技术——的里夫斯上尉假若受如此原始的经验主义指导，会羞得脸红。

但是西方的造桥技术带来的一连串的约束，扩大和增加了施工前的操作。比如，它要求有详细的平面图，而为了绘制这张图，它要求事先知道每根梁的剖面和形状、木桩打入的深度以及其他许多的细节。然而，这剖面，这形状，这深度本身要求以表示所用材料的耐力和地面硬度的数字为基础进行复杂的运算。这些数字又取决于"标准"样品特有的系数，在文明国家，这些系数由公式汇编提供。事实上，造桥意味着 a priori① 全面知识，而先于物质创造的精神创造是西方工程学赢得的重大成果之一。

在桂河岸边，里夫斯上尉没有公式汇编，但他是技术娴熟的工程师，有理论知识，用不着汇编，他只需稍稍溯约束之流而上，在开始计算前对重量和单形样品进行一系列实验。由于时间紧迫，他

———————

① 拉丁文，先验的。

叫人刻不容缓地制作了一些仪器。这样，通过简易的方法，他用这些仪器便可确定系数。

他征得尼科尔森上校的同意，在佐藤焦急的目光和克利普顿嘲弄的目光的注视下，开始做这些实验。在同一时期，他为铁路绘制了尽可能好的路线图，然后交给休斯少校去施工。等操心的事情少了些，并终于汇齐了计算所需的数据后，他着手进行工程最令人感兴趣的部分，即桥的理论设计和平面图。

他以当年在印度任职为政府从事类似研究时的职业责任心致力于这项设计，而且满怀高昂的热情。过去他枉费心机，靠阅读有关著作（如《桥梁建筑者》）也感受不到的热情，如今听到长官的一句普通的感想，却像突然生出的醉意猛然向他袭来。

"你知道，里夫斯，我真的指望你，你是这儿唯一懂技术的人，我将给你很大的余地发挥主动性。必须向这些蛮子证明我们的优越。我并非不知道在这个缺乏手段的偏远国家困难重重，但获得的成果将因此更加值得称赞。"

"你可以指望我，先生。"里夫斯回答，仿佛突然受了磁感应，"你会满意的，他们将看到我们能做什么。"

这是他窥伺了一生的机会。他一直幻想干一番轰轰烈烈的事业，同时又不必时时刻刻受到行政部门的骚扰，为官员干涉他的工作而恼火，这些官员要求他作乏味的解释，想方设法借口节约给他制造麻烦，使他进行独特创造的努力化为泡影。在这儿，他只需向上校汇报。上校对他抱有好感；虽说上校重视组织和某种必不可少的形式主义，但他至少善解人意，不会被造桥的经费和政策问题缠住。此外，他完全真心实意地承认自己不懂技术，申明有意让助手自由行动。工作当然很困难，手段也不够，但是他里夫斯将以自己的热情弥补一切不足。一股气息已在他胸中鸣响，吹旺精神创造的炉火，使其冒出烧毁一切障碍的烈焰。

从这一时刻起，他每天不再有片刻的休息。首先他迅速绘出桥的草图，这桥正如他注视河流时出现在眼前的样子，有四行排得笔直、巍然挺立的桥桩；和谐而大胆的上部建筑高出水面一百余英尺，带有横向联杆，联杆相接的方法是他的发明，过去曾徒劳地要墨守成规的印度政府采纳；宽阔的桥面围着结实的透空栏杆，不仅有轨道，一侧还有人行车行道。

之后，他着手运算，画图表，接着绘制平面图的定稿。他终于从日本同行手中获得一卷大致可用的纸，这日本人有时悄无声息地溜到他身后，注视着正在诞生的作品，掩饰不住惊愕的钦佩之情。

他养成了从黎明工作到黄昏，片刻也不休息的习惯；直至他明白时间过得太快；直至有一刻他焦虑地发觉白昼太短，他的设计不可能在他给自己规定的期限内完成。于是，他通过尼科尔森上校，获得佐藤批准在熄灯后仍保留一盏灯。从这日起，他每晚用来绘制桥的平面图，有时直至深夜。他坐在摇摇晃晃的矮凳上，以简陋的竹床当桌子，把绘图纸摊在一块他特别精心刨平了的木板上，点着一盏油烟把棚屋熏得臭烘烘的小油灯，一双熟练的手移动着小心翼翼削成的丁字尺和三角尺。他放下这些工具，又马上拿起另一张纸，兴奋地计算平方根，疲惫不堪地过了一天后又牺牲了睡眠，使他的学问体现在应当证明西方优越性的作品中——这座桥必须承受住日本人向孟加拉湾胜利进军的火车。

克利普顿原来认为，西方 modus operandi[①] 的约束（首先制订组织方案，然后进行耐心的研究和技术方面的计算）比日本人毫无章法的经验主义更会延缓工程的完成。他不久便看出这是个虚妄的想法，他承认在里夫斯的灯光照得他夜不能寐时嘲讽这些准备工作是犯了错误。当里夫斯把完全画好的平面图交给休斯少校，施工速度超过佐藤最乐观的梦想时，他开始承认他对文明做法的批评太浅薄了。

里夫斯不是那班把全副精力倾注于思想而不顾及物质，完全被符号性的准备所吸引，无限期推迟实现时代到来的人。他脚踏实地，何况当他表现出过分寻求理论的完美，用抽象数字的迷雾笼住桥梁的倾向时，尼科尔森上校总把他引回正路。上校有长官的现实感，从不忘却要达到的目的，也不忽视拥有的手段，他使下属维持理想与实践之间的协调比例。

上校同意在迅速完成的条件下进行前期试验，他也以赞许的目光看待平面图的线路，要求里夫斯详细解释他的发明天才所带来的创新。不过他坚决要求后者不要劳累过度。

"你如果病倒了，里夫斯，我们可算讨了个便宜。你想想，全部工程都靠你啦。"

---

① 拉丁文，操作方式。

不过，有一天里夫斯忧心忡忡地来找他，向他陈述某些顾虑，他开始侧耳倾听，并晓之以理……

"先生，有一点我很担心。我不认为我们应当予以考虑，但我坚持要得到你的同意。"

"什么事，里夫斯？"上校问。

"木材的干燥问题，先生。任何认真实施的工程都不该用新伐的树木。必须事先晾干。"

"晾干你的木材需要多长时间，里夫斯？"

"这要视木质而定，先生。对某些树种，为谨慎起见要长达一年半，甚至两年。"

"这不可能，里夫斯。"上校言辞激烈地说，"我们总共只有五个月。"

上尉神情尴尬地低下了头。

"唉，我知道，先生，所以我很懊恼。"

"用不干的木材有什么妨害呢？"

"某些种类的树会收缩，先生，工程完工后有可能出现裂缝和间隙……倒并非所有的木料；比方榆木几乎不变形。我当然选择了特点与榆木类似的树木……伦敦桥的榆木支柱，先生，挺立了六百年。"

"六百年！"尼科尔森上校叹道。他两眼熠熠闪光，本能地朝桂河转过身去，"六百年，这很不错啊，里夫斯！"

"噢，这是个特殊情况，先生。在这儿只能指望五六十年。或许更短一些，假如木材不够干的话。"

"必须碰碰运气，里夫斯。"上校威严地说，"你用新伐的木材吧。我们不能做办不到的事。如果有人指责我们某个缺点，我们只需能够回答：这无法避免。"

"我明白，先生……还有一点：防止梁木遭虫咬的杂酚油，我想我们可以不用，先生。日本人没有。我们自然可以制造代用品……我曾想安装一台木材干馏器。这可以办到，但需要一点时间……经过考虑，我不打算这样做了。"

"为什么呢，里夫斯?"尼科尔森上校问道，这些技术细节把他迷住了。

"尽管意见不一，先生，但是最优秀的专家不建议在木材没有干透时用杂酚油。它保存树液，维持湿度，有可能导致迅速发霉。"

"那就取消杂酚油，里夫斯。你要明白我的意思。我们不应投身于我们力所不能及的事业中去。不应忘记桥立即要使用。"

"除去这两点，先生，现在我确信我们可以在此造一座技术上合格、有相当承受力的桥了。"

"正是这样，里夫斯。你上了正路。一座有相当承受力、技术上合格的桥。总之是一座'桥'，而不是一堆叫不出名字的拼接物。这已经很不错了。我再重复一遍，我对你是完全信任的。"

尼科尔森上校离开了他的技术顾问，很满意找到了一个简洁的用语界定要达到的目标。

五

在三一六部队的派遣人员借以藏身的孤零零的小村庄里，希思被泰国游击队员们称作 Number One①，他也是那类为有条不紊的准备工作花费大量思考和心血的人。事实上，长官们之所以器重他，既因为他在行动前谨慎耐心，又因为他在行动时刻到来时生龙活虎，作风果断。沃登，他的副手沃登教授，同样名符其实地享有在情况许可时决不盲目行事的名声。至于乔伊斯，组里最后一名、也是最年轻的成员，对在加尔各答"塑性炸药和破坏股份有限公司"的特别学校里上的课程依然记忆犹新。尽管他年纪尚轻，但看上去很稳重，希思并不轻视他的意见。因此，在土著的棚屋中留给他们的两间屋子里，他们每天开会，仔细审查每一个有趣的念头，深入研究每一项提议。

这天晚上，乔伊斯刚把一张地图挂到一根竹子上，三个战友便围着它讨论起来。

"这是铁路的近似路线图，先生。"乔伊斯说，"所有情报的内容大致吻合。"

70

乔伊斯战前是机械制图员，他负责把收集到的有关缅泰铁路的情报移到一张大比例尺的地图上。

情报源源不断。自一个月前他们平安空降到预定地点以来，在周围广大地区赢得了许多人的好感，受到泰国特工的接待，留宿在这个远离一切交通线、隐没在热带丛林中的猎人和走私者的小村庄。居民们仇恨日本人。出于职业习惯谨慎多疑的希思渐渐对东道主的忠诚深信不疑。

他们使命的第一部分进展顺利。他们秘密地与好几位村长取得了联系。一批志愿人员准备帮助他们。三名军官开始训练这些志愿人员，向他们传授三一六部队所用武器的使用方法。最主要的武器是"塑性炸药"，一团褐色的柔软的东西，具有黏土的韧性，西方世界的好几代化学家经过坚韧不拔的努力，在里面集中了已知炸药的全部效力和其他额外的效力。

"桥梁的数目不少，先生，"乔伊斯继续说，"但我想其中很多没什么意思。这是曼谷至仰光的桥梁一览表，除非有更准确的情报加以更正。"

"先生"指的是"一号"①希思少校。虽说三一六部队内部纪律严明，不过在特殊任务小组内是不必讲究客套的，因此希思再三要求乔伊斯准尉免去"先生"二字。在这一点上他没有称心如意。希思心想，乔伊斯总使用这个礼节性用语是出于应征入伍前的习惯。

---

① 英文，一号。

不过，乔伊斯是希思根据教官打的分数、本人的体格，尤其依赖自己的嗅觉，在加尔各答的学校里挑选出来的，他对乔伊斯一直极为满意。

分数很高，受到好评，和三一六部队全体成员一样志愿入伍的乔伊斯准尉看来始终令人完全满意，所到之处均表现出非同一般的诚意；希思心想这已经很了不起了。他的入伍卡片上注明他是制图工程师，在一家大工商企业任职；可能是名小职员。希思在这方面不想知道得更多。他认为过去只说明过去，一切职业都可以通向"塑性炸药和破坏股份有限公司"。

相反，乔伊斯显示的全部优点如果没有其他一些更难以评价、希思只相信他的个人印象的优点作补充，希思少校也不会把他当作远征队的第三名成员带走。他认识一些志愿人员，他们在训练中表现极佳，但精神上承受不了在三一六部队服役所要求的某些工作。希思倒并不埋怨他们有虚弱的表现。在这些问题上他有自己的看法。

于是他把这位可能成为战友的人召来，想看看是否有某种可能性。他请求他的朋友沃登参加会见，因为对这类选择，教授的意见是不可忽视的。乔伊斯的目光讨他喜欢。乔伊斯可能没有过人的体力，但是他身体健康，看上去很沉着。他回答问题简单扼要，直截了当，这证明他有现实感，从来不忘要达到的目标，完全理解人们对他的期望。而最重要的是，从他的目光中确实看得出诚意。显然，自从他隐隐约约听说有件风险很大的任务后，他是极想陪两位前辈同去的。

这时希思提出了一个他一直挂在心上的重要问题。

"你能使用这样一件武器吗?"他问道。

他拿出一把细长的匕首给他看,这把匕首是三一六部队成员去完成特殊使命时携带的装备的一部分。乔伊斯没有慌乱。他回答说别人教过他使用这种武器,学校的课程中有刺杀假人的训练。希思又问了一遍。

"我的问题不是这个意思。我想说: 你肯定真的'能够'冷静地使用它吗? 许多人会用,却不能用。"

乔伊斯明白了。他默默考虑片刻,然后郑重其事地回答:

"先生,我向自己提出过这个问题。"

"你向自己提出过这个问题?"希思好奇地望着他,把这句话重复了一遍。

"真的,先生。我应该承认它甚至使我很苦恼。我试着想象……"

"怎么样?"

乔伊斯只迟疑了几秒钟。

"非常坦率地讲,先生,我希望在这一点上能使人满意,如果有此必要的话。我真的希望如此;但是我不能作出绝对肯定的回答。先生,我将尽力而为。"

"从未有过实际使用的机会,是不是?"

"从来没有,先生。我的职业不鼓励这种训练。"乔伊斯仿佛寻求原谅似的答道。

他的态度流露出由衷的遗憾,希思不禁莞尔一笑。沃登突然加入了谈话。

"这孩子似乎以为，希思，我的职业是专门培养人做这类工作的。东方语言教授！而你的职业是骑兵军官！"

"这不完全是我的意思，先生。"乔伊斯红着脸结结巴巴地说。

"我想只有在我们国家，"希思最后颇富哲理地说，"一名牛津大学毕业生和一名原骑兵——总之干吗不是一名机械制图员？——才可能如你所说偶尔从事这种工作。"

"要他吧。"这是会见结束后沃登作出的唯一和简洁的建议。希思听从了。经过考虑，他本人对这些回答还算满意。他不信任过高或过低估计自己的人，欣赏那些善于事先看出一件事的难点，颇有远见，未雨绸缪，能在心里把它设想出来的人；条件是不完全被它吸引住。所以，起初他很满意自己的班子。至于沃登，他们是老相识，他完全知道沃登"能够"做什么。

他们全神贯注，久久注视着地图，乔伊斯用一根小棍指着一座座桥梁，讲出各自的特点。希思和沃登专心地听着，面容因好奇而紧张，尽管他们已熟知准尉的概述。桥梁始终激起"塑性炸药和破坏股份有限公司"全体成员的强烈兴趣，几乎带点神秘色彩的兴趣。

"乔伊斯，你给我们描述的只是些便桥。"希思说，"别忘了，我们是想大干一场。"

"所以，先生，我提及这些桥仅备查考。其实，我想真正引人

74

注目的只有三座。"

并非所有的桥同样值得三一六部队注意。一号赞同格林上校的意见，在铁路竣工前不宜以小行动引起日本人的警觉。所以他决定小组暂时不露面，仅限于在宿营地搜集当地特工的情报。

"我们毁掉两三辆卡车开开心、把一切都弄糟是愚蠢的。"他有时这样说，要同伴们耐下性子来，"必须以一个大行动开始。这样做对我们在本地，在泰国人心目中树立威望是必要的。我们等着火车在铁路上行驶吧。"

他的不可改变的意图是以一个"大行动"开始，所以不重要的桥显然应该排除在外。首次干涉的结果对没有行动的漫长准备时期应该是个补偿，仅仅这个结果便应显示他们冒险的成功，即使情况不允许再作其他的冒险。希思知道决不能说现在的行动必将继之以未来的行动。这一点他没有说出口，但他的两个同志心领神会。觉察到这个内心的想法并未使前教授激动，他深明事理，赞成这种看法和预见。

看上去这也没有令乔伊斯不安，或给大行动的前景在他心中激起的热情泼冷水，似乎反倒使他亢奋，把青春的全部力量集中在这个很可能绝无仅有的机会上；集中在这个未曾料到的目标上，它像一座闪光的灯塔突然矗立在他面前，把成功的耀眼光芒投射到过去和永恒的未来，以神奇的光焰照亮直到此时使他的人生之路昏暗不明的灰色阴影。

"乔伊斯是对的。"始终寡言少语的沃登说，"只有三座桥值得我们关注。其中之一是三号营的桥。"

"我认为必须明确地把它排除在外。"希思说，"开阔地不适于行动。再说它在平原上，河岸很低，重修易如反掌。"

"另一座靠近十号营。"

"它可以考虑，但是它位于缅甸，在那儿我们没有土著游击队的接应。此外……"

"第三座，先生，"乔伊斯急急忙忙地说，没有发觉他打断了长官的话，"第三座是桂河大桥，它没有上述任何缺点。桂河宽四百英尺，在高而陡峭的河岸间流过，离我们的小村子只有两三天的路程。该地区丛林密布，基本无人居住。我们可以神不知鬼不觉地接近桂河大桥，还可以从一座俯视整个峡谷的山上控制它。它远离任何重要的中心，日本人正特别精心地修建它。它比其他所有的桥都宽，有四行桥桩。这是全线最重要、位置最好的工程。"

"你好像仔细研究过我们特工的报告。"希思指出。

"报告非常清楚，先生。我觉得这桥……"

"我承认桂河大桥值得关注。"希思俯身在地图上说道，"对一名新手来说，你的判断不太坏。我和格林上校，我们已经发现了这座铁路桥。但是我们的情报还不够准确，可能还有其他地点更利于行动……这不寻常的桥施工到什么阶段了，乔伊斯？你讲起来好像亲眼见过它似的。"

六

施工进展顺利。英国士兵天生勤劳，而且毫无怨言地接受严明的纪律，只要他们信任自己的长官，每日伊始有丰足的来源补偿体力的消耗，确保神经的平衡。

在桂河营，士兵们对尼科尔森上校推崇备至。他作了英勇不屈的抵抗，谁能不尊重他呢？另一方面，摆在面前的任务不允许丧失理智。因此，经过短时期的犹豫，在力图深入了解长官的真实意图后，他们开始认真地干活，原先他们在破坏方面表现了创造性，此时渴望证明他们是建设上的能工巧匠。况且尼科尔森上校消除了任何误解的可能性。首先他发表了一次讲话，明明白白地向他们解释了他对他们的期望，然后严厉惩罚了几个没有真正搞懂的顽抗者。这些人不怨恨他，因为他们觉得罚得有理。

"请相信我，我比你们更了解这些小伙子。"一天上校反驳克利普顿说，后者大着胆子抗议任务对营养不良、健康不佳的人而言过于繁重，"我用了三十年时间才了解他们。对他们的士气最有害的莫过于无所事事，他们的体力大大取决于士气。闲得无聊的军队是不战自败的军队，克利普顿。你让他们睡大觉，他们将滋长不健康的思想。相反，你用累人的工作占满他们一天的分分秒秒，他们准会心情愉快，身康体健。"

"快乐地干活吧，"克利普顿不怀好意地喃喃低语，"这是山下将军的座右铭。"

"这并不怎么愚蠢，克利普顿。如果敌人的原则是好的，我们就该毫不犹豫地采纳……假如没有工程的话，我会为他们想一个出来！而正好我们有桥。"

克利普顿找不出任何话来表达他的心境，只傻傻地重复道：

"对，我们有桥。"

话说回来，英国士兵自己也厌倦了与他们干好工作的本能意识相抵触的态度和行为。上校进行干预以前，破坏性的阴谋活动对许多人而言变成了难以尽到的责任，某些人不等他下令便认真地使用自己的双手和工具。老老实实出大力换取每日的面包是西方人的天性，盎格鲁-撒克逊的血统促使他们把力气引向建设性和稳定牢固性。上校看得很准，他的新方针给他们带来了精神上的慰藉。

由于日本士兵守纪律，能吃苦；另一方面，由于佐藤威胁部下不比英国人干得更好就砍他们的头，所以两段路迅速完工，新营地的棚屋亦造好可以住人。差不多同一时期，里夫斯完成了平面图，交给了休斯少校。少校于是被派上用场，得以大显身手。这位企业家凭借他的组织才能、知人之明和以多种方式把人们组合起来进行有效合作的经验，在最初几天便取得了具体可见的结果。

休斯想到的第一件事是把他的劳动力分组，给每组分配一项具体的工作：一组继续伐树，另一组把树干粗削成材，第三组切削梁木，人数最多的一组打桩，还有许多组负责上部建筑和桥面。有几个在休斯心目中并非最不重要的组专门干杂活，如搭脚手架、运料、磨工具。对狭义的工程而言这是些辅助性的工作，但西方人深谋远虑，不无道理地同样留意这类工作和直接生产性操作。

这种安排在不走极端的情况下总是得当和有效的。准备好一批厚木板，搭完第一批脚手架后，休斯推出了他的打桩队。该队任务繁重，在整个工程中最艰苦，最吃力不讨好。新的建桥者得不到宝贵的机械辅助，在此地被迫使用和日本人一样的方法，即用沉重的大铁锤一次次击打木桩顶部，直至木桩牢牢地插入河底。落锤从八至十英尺的高处直落而下，再用一套绳索滑轮装置将它吊起，然后又落下，如此周而复始。由于土质坚硬，每击打一次，木桩只伸进去几分之一英寸。这活儿令人筋疲力尽，心灰意冷。分秒之间不见进展，一群近乎赤裸的人牵拉绳索的景象使人不禁回想起奴隶劳动的阴惨气氛。休斯把这个队的指挥权交给了最优秀的中尉之一哈珀，一个刚毅的人，他以洪亮的嗓音喊着节拍带动俘虏干活，在这方面他是无与伦比的。由于他的干劲，人们满怀热情地完成了这件苦力活儿。在日本人惊叹的目光下，四排平行的桩子不久便横穿河流，奔向左岸。

克利普顿一度寻思竖第一根支柱之际是否会举行庄严的仪式，但只有几个十分简单的象征性举动。尼科尔森上校为了作出榜样，仅仅亲自抓住落锤的绳子用力拉，撞了十来下。

一俟打桩队有了足够的进展，休斯便让上部建筑队开始工作。其他队接踵而至，铺设桥面和宽阔的道路，并安装两排栏杆。各项工作井然有序，从此工程像数学一般规则地继续向前推进。

对运动的细节不甚敏感，又迷恋普遍意念的旁观者，有可能把桥的伸展视为必然综合的连续进程。这正是尼科尔森上校的印象。他以满意的目光注视这一步步的落实，很容易不考虑基础工作的细枝末节。唯独总体结果能影响他的思想，这结果象征着一个渐渐开化的种族世世代代积蓄起来的顽强努力和难以计数的经验，并将其浓缩为一个有生命的结构。

有时，桥也以同样的面目出现在里夫斯的眼前。他惊叹不已地看着它在河水上方越变越大，在几乎即刻达到它的整个宽度后，又横跨河流向前延伸，在三维空间庄严地呈现出创造的具体可见的形态，在泰国荒凉的群山脚下奇迹般地体现出他的设计和研究孕育生命的威力。

天天出现的奇观也令佐藤着了魔。尽管他作了努力，也只能部分掩饰自己的惊奇和佩服。他感到惊讶是很自然的。尼科尔森上校说得完全正确，他尚未领会，尤其尚未分析西方文明的微妙特点，所以他不可能知道秩序、组织、对数字的思考、纸上的符号表示，以及对人类活动的巧妙协调，多么有利于施工，并最终加快其速度。原始人对精神孕育的含义和用途将始终一窍不通。

至于克利普顿，他终于确信自己最初未免天真，并且谦卑地估量出他对运用现代工业方法造桥持冷嘲热讽的态度是多么可笑。

他以一贯注重客观，并掺杂着几分因为如此没有眼力而愧疚的态度，在心里认了错。他承认西方世界的做法在此取得了毋庸置疑的结果。他把这一看法推而广之，得出这种做法应当"始终"有效，始终有"成果"的结论。有时针对这种做法提出的批评是不够公正的。他本人步许多人的后尘，也曾受到动辄挖苦人的魔鬼的诱惑。

桥一天比一天长，一天比一天美，不久便伸至并继而超过了桂河河心。对大家来说，显然它将在日军最高指挥部规定的日期前竣工，决不会延迟征服大军的胜利挺进。

第三部

一

乔伊斯把给他喝的那杯烧酒一饮而尽。艰难的探险没有在他身上留下太多的痕迹，他的动作依然相当敏捷，双目炯炯有神。他坚持先宣布此次使命最重要的结果，然后再脱那身叫希思和沃登几乎认不出他来的泰国人的奇装异服。

"事情可行，先生，我有把握。困难是有的，对此不该抱幻想，但是可以干，而且肯定上算。森林茂密，河流宽阔。桥飞架于深渊之上，河岸陡峭。除非用重型机械，否则甭想把火车拉出来。"

"你从头讲吧，"希思说，"或者，你更想先冲个澡吧?"

"我不累，先生。"

"随他去吧，"沃登咕哝道，"你没看见比起休息来他更需要讲话吗?"

希思莞尔一笑。显然乔伊斯急于讲述，正如他急于聆听一样。他们面朝地图尽量舒适地坐下来。事事考虑周到的沃登又递给他的同志一杯酒。在邻室，给年轻人当向导的两名泰国游击队员蹲在地

85

上，身边围着几个村民。他们已经开始低声叙述探险经历，对他们陪伴的那位白人的表现大加恭维。

"旅行有点累人，先生。"乔伊斯开始说，"在丛林里走了三夜，路可真难走！但是游击队员们令人佩服。他们正如许诺的那样把我领到左岸一座山的山顶，从那儿望得见整个峡谷、战俘营和桥。一个十全十美的瞭望台。"

"我希望你没有被人看见吧？"

"没有任何风险，先生。我们只在夜间行走，夜色漆黑，我不得不把一只手搭在向导的肩头。白天我们在茂密的矮树丛中停留，避开好奇者的目光。那一带荒无人烟，这样做其实并无必要。直到抵达我们没有见到一个生灵。"

"好。"希思说，"请继续讲。"

一号边听边不露声色地仔细审视乔伊斯准尉的态度，努力使他开始对后者形成的看法明确起来。在他看来，此次侦察具有双重的重要性，因为他从中可以判断他的年轻队员独自处事的能力。乔伊斯返回后给人的第一个印象是良好的。土著向导的满意神情同样是个好兆。希思知道这些无法估量的因素不容忽视。当然，乔伊斯有点兴奋过度，因为他要汇报他的见闻，而且出发后面临重重危险的激动之后，宿营地相对安宁的气氛也引起了他这种反应。不过他显得相当有自制力。

"泰国人没有骗我们，先生。那的确是项宏伟的工程……"

随着盟军战俘在缅甸和泰国历尽千辛万苦建造的路堤上两条铁

轨的延伸，采取大行动的时刻愈来愈近。希思和他的两位战友一天天注视着铁路的进展。乔伊斯根据最新收到的情报一连几小时地补充和修改他的路线图。每周，他用一道红色实线标出完工的路段。现在，曼谷和仰光之间几乎有条不间断的实线。特别引人注目的路段上打了叉。所有桥隧工程的特点均被喜欢条理的沃登细心地登记在卡片上。

由于他们对铁路线的了解更加全面，更加准确，他们无法克制地又被引向桂河大桥，这座桥一开始便以充分的魅力引起了他们的注意。他们对桥梁持有特殊的看法，有助于实施他们在无意识中开始起草的计划的异常大量的情况深深迷住了他们；精确与"塑性炸药和破坏股份有限公司"特有的想象力，在这项计划中兼而有之。他们在本能和理智的驱使下，渐渐把他们的抱负和希望的力量集中在桂河大桥，而不是其他任何桥上。他们同样认真地研究了其他的桥，讨论了这些桥的长处，但是这一座最终自然而然地、不言自明地成为他们此举显而易见的目标。大行动起初模糊而抽象，只作为可能的梦想而存在，如今它具体化为一个位于空间的坚实物体，总之一个易受攻击、有可能遭到一切意外、蒙受人类成就的一切损坏、尤其受到毁灭威胁的物体。

"这不是空军的工作。"希思说，"木桥不容易从空中摧毁。炸弹触到目标时毁掉两三个轨枕，其余的不过晃动几下。小日本可以临时修一修，他们成了这门技艺的行家里手。我们呢，我们不仅能够齐水面炸断桥桩，还可以在火车经过时引爆。这样，整列火车将坍倒在河里，造成不可挽回的损失，任何梁木都无法使用。我任职以来曾见到过一次。交通中断了好几个星期。而且这是在一个文明国家，敌人运来了起重机械。在这儿，我告诉你们他们必须改道，完全另造一座桥……还不算损失一辆火车及其装载的人和物。地狱般的景象！它历历如在目前。"

三个人全看到了这一美妙的景象。现在大行动拥有了一个可供想象力大加发挥的坚固骨架。时而阴暗，时而多彩的图像接二连三地出现在乔伊斯的睡梦中，第一类与暗中的准备有关，其余的以一幅画结束，这幅画非常明亮，他能够十分准确地分辨出最微小的细节：火车驶入深渊上方，桂河在谷底两大片茂密的丛林间泛着波光。他用手紧握手柄，两眼盯着桥中间的某个点。火车头和这个点之间的距离迅速缩短，必须在有利时机按下手柄。只剩下几英尺，一英尺……他的手毫不犹豫地在准确时刻往下一按。他在脑海中构筑了一座无形的桥，在相当于一半的长度上寻找并找到了一个标记。

"先生，"有一天他担心地说，"但愿飞行员别赶在我们前面插手此事！"

"我已经发了一封电报，要求他们不在此地进行干涉。"希思答道，"我希望他们别打扰我们。"

在等待的日子里，有关桥的情报越积越多，不可胜数，游击队员从邻近的一座山上为他们侦察，因为他们尚未靠近桥，担心白人的出现在这一带会引起注意。最机灵的特工把这座桥给他们描绘了，甚至在沙地上画了一百遍。他们从隐蔽所注视建造的一个个阶段，对似乎支配着一切行动，并从每份报告中可以看出的罕见的秩序和方法感到吃惊。他们惯于从闲谈中寻求真相，很快在泰国人的叙述中觉察出一种近似于钦佩的感情。泰国人没有资格评价里夫斯上尉的高超技术和在尼科尔森上校的鼓动下创建的组织，但他们意识到这不是通常日本样式的难看的脚手架。未开化的民族不自觉地赏识艺术与科学。

"愿上帝降福于他们！"不耐烦的希思有时说，"如果我们的人讲得不错，他们正在造一座新的'乔治·华盛顿桥'。他们想使我们的美国朋友眼红！"

泰国人说，铁道旁有条颇宽的公路，可供两辆卡车并行。这不寻常的规模，甚至近乎奢侈，令希思既困惑又不安。如此重大的工程必然受到特别的监视。作为补偿，它具有的战略意义或许比他料想的更大，而行动将因此更加成功。

土著也常常谈起战俘。他们瞥见战俘们几乎赤身露体，冒着烈日在卫兵的监视下不停地干活。三个人于是一度忘记了自己的事，思念起不幸的同胞来。他们了解日本人的手段，不难想象日本人为了实施这样的工程会残忍到何种地步。

"先生，要是他们知道我们离得不远，桥永远不会使用就好了，"一天乔伊斯说，"他们的士气肯定会更高。"

"也许吧，"希思回答，"但是，我无论如何不愿与他们取得联系。这不可能，乔伊斯。我们的职业要求保密，甚至对朋友。他们会发挥想象力，开始希望帮助我们，试图以他们的方式破坏桥梁，这样反倒有可能毁了一切。他们会引起小日本的警觉，白白招来可怕的报复。他们应当被排除在行动之外。小日本甚至不该想到他们有可能是同谋。"

面对日复一日从桂河传来的匪夷所思的消息，满腹狐疑的希思有一天突然作出了决定。

"我们当中的一个应该去那儿看看。工程接近尾声，我们不能更久地相信这些善良人的叙述，我觉得这些叙述令人难以置信。你去吧，乔伊斯。这对你将是一次极好的锻炼。我想知道这座桥究竟是什么样子，你听见了吗？它准确的大小，有多少桥桩。给我带回数字来。如何能够靠近它？它的守卫情况怎样？有哪些行动的可能性？你要尽量干好，但别过分暴露。最要紧的是别让人看见你；请你记住这一点；但对这座该死的桥，他妈的，你要给我准确的情报！"

二

"我用望远镜看到它了,先生,正如我看到你一样。"

"你从头讲吧。"希思重复道,尽管他急不可耐,"路上怎样?"

一天晚上,乔伊斯在两名土著的陪同下动了身,这些土著经过从缅甸向泰国走私成包的鸦片和成箱的香烟的锻炼,习惯于夜间静悄悄的出征。他们断言他们走的小径很安全,但是欧洲人出现在铁道附近是个大秘密,所以乔伊斯坚持假扮成泰国农民,用一种为这类场合在加尔各答配制的褐色化装膏染了皮肤。

他很快便确信他的向导们没有撒谎。在热带丛林中,真正的敌人是蚊子,尤其是水蛭,它们吸附在他裸露的腿上,往他身上爬,每当他把手放到皮肤上,便感到黏糊糊的。他尽可能克制住厌恶,把它们忘掉,而且几乎成功了。但夜里他无论如何甩不掉它们。他禁止自己点上烟烤它们,他需要全神贯注和泰国人保持接触。

"前进很艰难?"希思问道。

"相当艰难,先生。正如我对你所说,我不得不把手一直搭在一名向导的肩头。这些好汉的'羊肠小道'，真的怪得很!"

连续三夜，他们带他爬山丘，下沟壑，沿着小溪多石的河床走，腐烂的草木气味令人恶心，残枝败叶处处阻塞水流，绊他的脚，每次都有一堆堆乱蹿乱动的水蛭粘在他身上。向导们对这些小道情有独钟，肯定不会迷路。行军直到黎明。晨光熹微，他们钻进矮树丛，迅速吃下为旅途带的米饭和烤肉。两名泰国人背靠树蹲下，吱吱地抽起永不离身的水烟袋，一直到夜晚。经过一夜的疲劳，他们在白天用这种方式休息。有时，他们在两口烟之间不变姿势地打个盹。

乔伊斯呢，他为了保存体力坚持睡一觉，希望这项使命赖以成功的一切因素变得对他有利。他开始除掉爬满全身的水蛭，有几只吸足了血，在他行走时自己掉了下来，留下一个黑色的小血块。其他的只喝了个半饱，拼命吸吮这个被战争意外地带到泰国热带丛林来的猎物。粗胖的身子在烟头的烤炙下挛缩扭曲，终于松开掉在地上，被他用石头砸死。于是，他躺在一条薄床单上，立即睡着了；但是蚂蚁没有让他清静多久。

它们被他皮肤上遍布的一滴滴凝血所吸引，选择这个时刻组成黑红二色细丝状的兵团靠近。他不久便学会甚至在苏醒以前一经接触就识别出它们。对红蚂蚁不可抱任何希望。它们叮咬他的伤口，如同一把把烧成白热状的钳子。一只红蚂蚁便令人难以忍受，而它们成群结队地到来。他不得不让出地盘，寻找另一处可以休息的地方，直至被红蚂蚁发现，重新向他进攻。黑蚂蚁，特别是大个儿黑蚂蚁，比较容易忍受。它们不咬人，当伤口爬满黑蚂蚁时，他才被它们轻轻的触碰弄醒。

不过，他总能睡足觉，睡得足以在天黑后攀登比泰国的山高十倍、陡峭一百倍的山峰。在这次作为实现大行动第一阶段的侦察过程中，一切全靠自己的感觉令他飘飘然。他毫不怀疑，在这次出征中，最后的成功取决于他的意志、判断力和行动，这个信念为他原封不动地保存了取之不尽的力量。他的视线不再从想象的桥上移开，这个幽灵常住于他幻想的天地里，只要凝神注视它，他最寻常的动作便获得了为胜利光荣奋斗的无可限量的神秘威力。

他们作了最后一次比以往更令人筋疲力尽的攀登，抵达一座俯视峡谷的山的顶峰，那座有形的桥——桂河大桥——突然展现在他面前。他们行走的时间比前几夜长，到达泰国人报告过的瞭望台时，太阳已然升起。他发现这座桥犹如从飞机上俯视，在他身下数百米处，两大片森林之间有条浅色的带子悬挂在水面上，靠右侧恰好偏移较大，他瞥见了支撑桥面的几何图形似的横梁网。有很长时间他没有注意到在他脚下展开的画面的任何其他组成部分，没有注意到对岸面朝他的战俘营，甚至那一群群在工程周围忙碌的战俘。瞭望台十分理想，他在那儿感到非常安全。日本巡逻队是不会到把他与河隔开的丛林里来冒险的。

"先生，我看到它如同看见你一样。泰国人没有夸张。它规模宏大，造得很好，与其他日本人的桥毫无共同之处。这儿有好几张速写；但是我做的不止这些……"

他第一眼便认出了它。面对幽灵的显形，他受到的震撼并非源于惊奇，反倒是它熟悉的面貌造成的。桥的确和他心中所造的桥一模一样。他始而怀着焦虑，继而信心倍增地检验它。整个背景同样也符合他的想象和愿望的耐心综合。只有几点存在着差异。水很浑浊，不像他心目中那样发亮。起初他着实为此感到不快，但想到这个缺点对他们的计划有利，就又变得心平气和了。

两天当中，他匿影藏形，蜷缩着身子躲在荆棘丛中，贪婪地用望远镜观察和研究将采取大行动的场所。他把整体布局和全部细节印在脑海里，做了笔记，在一幅速写中标出小径、战俘营、日本人的棚屋、河流的弯道，直至多处露出水面的巨大岩石。

"先生，水流不太急。一条小船或一名游泳好手可以过河。水很浑浊……桥上有条供车辆行驶的公路……还有四行桥桩。我看到战俘们用落锤打桩。英国战俘……他们几乎抵达了左岸，先生，瞭望台所在的河岸，其他班组从后面前进。或许再过一个月桥就完工了……上部建筑……"

现在他要提供的情报如此丰富，以致他无法按照一个提纲来叙述。希思随他去讲，不打断他的话，等他讲完再提确切的问题不迟。

"上部建筑是一个似乎经过精心研究的几何图形般的横梁网。梁木方正齐整。我在望远镜中看到了拼接的细节……活儿做得异常仔细，先生……而且牢固，我们不该向自己隐瞒这一点。问题不仅仅是砸烂几块木板。先生，我当场考虑了最可靠，同时也最简单的办法。我认为我们应该在水里，在水下破坏桥桩。水很脏。炸药是看不见的。这样，整个桥体将一下子坍塌。"

"四行桥桩。"希思若有所思地打断他的话，"这是项大工程。如果他们不能像通常那样造桥倒是见鬼了。"

"同一行桥桩之间的距离有多大?"喜欢精确的沃登问道。

"十英尺。"

希思和沃登默默地作了同样的计算。

"为可靠起见必须考虑六十英尺的长度。"终于沃登又说,"这样每行有六根桩,总共有二十四根要'准备'。这很花时间。"

"一夜便可做好,先生,我有把握。在桥下可以安安静静地干活。桥很宽,完全藏得住人。水与桥桩的摩擦声盖过了其他一切响声。这我知道……"

"你如何能知道桥下发生的事呢?"希思好奇地看着他问道。

"等等,先生,我没有把一切告诉你……我去过了。"

"你去过了?"

"必须去,先生。你叫我别靠近,但为了获得某些重要情报,我不得不这样做。我顺着另一面山坡从瞭望台下山朝河走。先生,我想我不该放过这个机会。泰国人带我走被野猪踏出的小路。必须爬行。"

"你用了多长时间?"希思问。

"大约三小时,先生。我们傍晚时分动身,我希望夜里到达现场。当然这要冒险,但是我想亲自看看……"

"有时对指示作宽泛的解释并不坏。"一号看了沃登一眼说道,"你成功了,是吧? 这已经很了不起了。"

"我没被人发现,先生。我们到达河边,在桥上游约四分之一英里处。可惜那儿有座孤零零的土著小村庄。但是一切都在沉睡。我把向导打发走了。我想一个人勘察。我下了水，顺流而下。"

"夜色明亮吗?"沃登问。

"相当亮。没有月亮，但也没有云彩。桥很高。他们什么也看不见……"

"咱们按顺序讲。"希思说，"你是怎么到桥边的?"

"我仰天而卧，先生，只把嘴露出水面。在我上方……"

"他妈的，希思，"沃登低声抱怨道，"有这样的任务，你应该想到我呀!"

"我相信下一次我会特别想到我自己。"希思喃喃地说。

乔伊斯那样真切地重温当时的情景，连两个战友也受了他的热情的感染，想到错过了这件快事，他们感到十分懊恼。

经过三夜令人疲惫不堪的行军，他在抵达瞭望台的当天突然决定作这次探险。他不能再久等了。看到桥几乎近在手边，他必须用手指触摸一下。

他躺在水中，分辨不出两岸密密麻麻连成一片的整体的任何细节，只勉强意识到自己被一股看不见的水流带走，桥长长的水平线是他唯一的方位标。它黑黢黢地显现于天空下。他越靠近，这条线越向天顶延伸，他头上的繁星则飞快地坠下被它吞没。

桥下黑得几乎伸手不见五指。他紧紧抓住一根桥桩，在那儿待了很久，身子一动不动，浸在冷水里，兴奋却未减分毫。他的目光渐渐穿透黑暗，毫不吃惊地发现了露于旋涡之上的光滑树干的奇特森林。他同样熟悉桥的这一新面貌。

"此事可行，先生，我有把握。最好用轻巧的筏子运炸药，这样不会被人看见。人在水里。在桥下，人可以放心。水的流速不妨碍从一个桥桩游到另一个桥桩。必要时可以把自己拴在桩子上，以免被水冲走……我游了全程，测量了木头的厚度，先生。木头不太粗，在水下……较少量的炸药便足够了……水很脏，先生。"

"必须把炸药放在相当深的地方。"沃登说，"行动那天，说不定水会变清。"

乔伊斯把一切必要的动作重做了一遍。在两个多小时里，他触摸桥桩，用绳测量，估算间距，挑选一旦断裂将酿成最大惨祸的桥桩，把一切有益于准备大行动的细节铭刻在脑海里。有两次，他听到高高地在他头顶上有沉重的脚步声。一名日本哨兵正大步在桥面上走来走去。他蜷起身，靠在一根桥桩上等着。哨兵漫不经心地用电筒扫了一下河面。

"到达时要冒风险，先生，如果他们点灯的话。但是，一旦到了桥下，老远便能听见他们来了。脚步声在水中激起回音。我们完全来得及抵达里面的一行桥桩。"

"河水深吗?"希思问。

"两米多，先生，我潜了水。"

"你对起爆有何想法?"

"是这样，先生。我认为不该考虑靠火车通过自动引爆。导爆线是藏不住的。一切都应在水下，先生……长长一段电线，淹没在河底，再伸到陡峭的河岸上，藏在……右岸的荆棘丛中，先生。我发现了一个理想的地点。原始丛林中的一个角落，一个人可以在那儿藏身并等待。透过树木间的空隙，他能清楚地看到桥面。"

"为什么在右岸？"希思紧锁眉头问道，"如果我理解正确的话，这是战俘营那一岸。为什么不在对岸，山那一岸呢？据你对我所说，此岸覆盖着难以进入的密林，自然应该作为退路。"

"的确如此，先生。不过，请再看看这幅速写。铁路划了一道大曲线，过了桥后恰恰绕过这座山，在桥的下游沿河而行。在水与路之间，丛林被砍伐，场地清除了荆棘。天亮后，那儿是藏不住人的。他必须大大往后退，置身于路堤另一侧，前面的几道山坡上……先生，太长的电线横穿铁道是隐藏不住的，除非做长期的工作。"

"这个我不大喜欢。"一号声称，"那为什么不在左岸，在桥的上游呢？"

"从水中无法靠岸，先生，岸边是悬崖峭壁，而且更远处有座土著的小村庄。我去看过。我又过了河，然后横穿铁道。为了待在隐蔽处，我绕了个急弯，再上溯至桥的上游。这不行，先生。唯一合适的岗位在右岸。"

"啊！"沃登大声说，"难道你绕着桥转了整整一夜？"

"差不多吧。但是黎明前我又在丛林里了。我上午回到了瞭望台。"

"按照你的方案，"希思说，"留在这个岗位的人，他将如何脱身呢？"

"一名游泳好手过河无需三分钟；我就花了这么长时间，先生，而爆炸将转移日本人的注意力。我想，在山脚下安置一个接应小组可以掩护他撤退。如果他接着穿过开阔地和铁道，先生，他就得救了。在丛林中无法进行有效的追击。我向你保证这是最佳方案。"

希思俯身在乔伊斯的速写上，久久地沉思着。

"这个方案值得研究。"他终于说道，"当然啦，你到过现场，有资格拿出你的意见；结果是值得冒冒风险的……你从高高的栖身处还见到什么啦？"

三

　　他回到山顶时，太阳已经升得很高。夜间回来的两名向导正不安地等着他。他筋疲力尽，躺下来想休息一小时，结果傍晚才醒过来。他承认了这件事，同时请求原谅。

　　"好……那么，我猜想你夜里又睡了？你正该这样做。第二天你又回岗位啦？"

　　"正是，先生。我多待了一天。需要察看的东西还很多。"

　　他把第一段时间用于观察无生命的物质，现在必须观察活生生的人了。他一直着迷于桥以及与未来行动紧密相关的景致的各个组成部分，此时，在他望远镜镜头中晃动着那些不幸的弟兄，他们沦为地位卑贱的奴隶的景象使他突然感到震惊。他熟悉日本人在战俘营使用的方法。大量秘密报告详述了胜利者接连不断犯下的暴行。

　　"你目睹了令人难受的场面吗？"希思问道。

　　"没有，先生；很可能那天没有。但是，想到他们在这种气候下劳动了好几个月，吃得差，住得差，没有医疗，受到严厉惩罚的威胁，我的确感到痛苦！"

他检阅了全部班组，用望远镜细看了每一个人，他们的状况令他惊骇。一号蹙起双眉，

"乔伊斯，我们的工作不允许我们太动感情。"

"我知道，先生，但是他们的确只剩下皮包骨了。大多数人四肢伤痕累累，布满溃疡。有的几乎拖不动腿。在我们的世界里，没有人会想到叫体力如此衰竭的人执行任务。先生，必须看看他们！我都要哭出来啦。拉绳子打最后一批桥桩的那队人……骨瘦如柴啊，先生！我从未见过如此骇人的景象。这是最令人发指的罪行。"

"别担心，"希思说，"每笔账都要算的。"

"可是，先生，我必须承认他们的态度令我钦佩。尽管他们体力明显衰竭，但是他们当中没有一个真正看上去意志消沉。我对他们作了细致的观察。他们把无视卫兵的存在看作荣誉攸关的事，这正是我的印象，先生：他们做起事来仿佛日本人不在场。从黎明到黄昏，他们待在工地上……如此已达数月，很可能没有休息过一天……而他们看上去并不绝望。尽管他们服装可笑，尽管他们身体状况不佳，但是他们没有奴隶的举止，先生，我看到了他们的目光。"

三个人陷入了沉思，静默了好长一段时间。

"英国士兵在逆境中有无穷的本领。"沃登终于说。

"你观察其他人了吗？"希思问道。

"军官，英国军官，先生！他们不劳动，他们指挥士兵。比起卫兵来，士兵们似乎更把他们放在眼里。他们着军装。"

"着军装!"

"戴着标志,先生。我认出了全部军衔。"

"见鬼!……"希思叫起来,"泰国人报告过,可我不愿意相信他们。在其他战俘营,他们叫全体俘虏干活,无一例外……有高级军官吗?"

"有位上校,先生。肯定是尼科尔森上校,我们知道他在那儿,到达时还受了酷刑。他没有离开工地。大概他坚持留在原地,以便有可能为其士兵和日本人居间调停;因为风波是不可避免的……先生,可惜你没看见那些哨兵的步态!一群化了装的猴子。拖着步子走路,身体左摇右摆,没有一点人样……尼科尔森上校呢,他保持着令人吃惊的尊严……是位长官,照我的看法,先生。"

"要在这样的条件下保持士气,当然必须有非凡的威望和出众的品质。"希思说,"我也对他表示钦佩。"

这一天还有其他令乔伊斯吃惊的事。他继续讲述,显然希望和别人分享他的惊讶和佩服之情。

"有一刻,远处一个队的一名俘虏走过桥来与上校讲话。他服装怪异,先生,离六步远时作立正姿势。这并不可笑。一名日本人吼叫着走过来,把枪抢得团团转。这名士兵肯定未经允许离开了班组,尼科尔森上校带着某种神气看了看卫兵,先生,我没有漏掉这一幕的任何细节。这卫兵没有坚持,走开了。令人难以置信!还有更妙的:傍晚,一名日本上校来到桥头,很可能是佐藤,在给我们的报告中,他被描述成令人生畏的野蛮人。嗳!我可没撒谎,先生，他走近尼科尔森上校，态度恭敬……肯定没错，恭恭敬敬。有些细节是骗不了人的。尼科尔森上校第一个敬礼，但是另一个赶紧还礼……几乎怯生生的；我看得很清楚！接着，他们肩并肩地散步。那日本人一副俯首听命的下属的神气。先生，见此我心里真痛快。”

“我也不能说我对此感到不快。”希思喃喃地说。

“祝尼科尔森上校健康！”沃登举起酒杯突然说。

“祝他健康，你说得对，沃登，也祝由于这座该死的桥生活在地狱中的五六百名不幸者健康！”

“可惜，他毕竟帮不了我们的忙。”

“也许很可惜，但是你了解我们的原则，沃登，我们必须独自行动……咱们再谈谈桥吧。”

他们又谈了整整一晚上桥，情绪激昂地研究了乔伊斯的速写，时时要求他说明每一个细节，他毫不犹豫地做了。凭记忆他能画出工程的每一个部件，描述河流的每一个旋涡。他们开始讨论他设计的方案，开列了全部必要行动的单子。详细研究每一个行动，拼命揣测有可能在最后一分钟出现的难以逆料的一切事故。接着，沃登暂时离开，去安装了电台的邻室收听电报。乔伊斯犹豫了片刻。

“先生，”他终于说道，“我们三个人中我游泳游得最好，而且现在我熟悉地形……”

“我们以后再看吧。”一号打断他说。

乔伊斯已经体力不支，希思见他摇摇晃晃地朝床走去，便意识到了这一点。他匍匐在灌木丛中监视了第三天后，于夜间踏上归途，马不停蹄地赶回宿营地，几乎没停下来吃口东西。连泰国人也难以保持他强加给他们的速度。现在，他们满怀钦佩之情忙着叙述白人青年是如何把他们累垮了的。

"你必须休息，"一号重复道，"事前累垮身体毫无益处。我们仍需要你的全部力气。为什么你回来得这么快？"

"先生，很可能不出一个月桥便竣工了。"

乔伊斯一下子就睡着了，连那层叫人认不出他来的化装膏也没擦掉。希思耸了耸肩膀，没有试图叫醒他。他独自一人，把将要在桂河河谷上演的一出戏的角色分配深思了一番。他尚未作出决定，沃登已经回来，递给他好几份刚刚译出来的密电。

"希思，看来日期临近了。中心的情报：铁路差不多全线竣工。通车典礼大概将于五六周后举行。第一辆塞满将士的火车。一个小庆祝会……还有大量弹药。这看来不坏。中心赞成你的全部倡议，给予你自由采取行动的全权。空军将不会介入。我们将逐日了解情况……孩子睡了？"

"别叫醒他。他理应休息一会儿。他应付得好极了……沃登，照你的意见，你认为能在'任何'情况下依靠他吗？"

沃登回答前思考了一下。

"印象不错。'事前'什么也不能肯定，这一点你和我一样清楚。我明白你的意思。必须知道他是否有能力在几秒钟，甚至更短的时间内采取重大决定，并努力去执行……为什么你问我这个？"

"他说：'我们三个人中我游泳游得最好'。他没有夸口，这是实情。"

"参加三一六部队时，"沃登咕哝着说，"我不知道要扮演头号角色必须是游泳冠军。下次假期我会练习的。"

"还有个心理上的原因。假如我不让他干，他会失去自信，变成一个长期毫无用处的人。正如你所说，'事前'绝无把握可言……即便是他……而等待揭晓会耗尽他的精力……最重要的，当然是他的成功机会得和我们一样多。这我相信……脱险的机会得更多。我们过几天再作决定。我想看看他明天的情况。在一段时间里不要再和他谈桥的事了……我不怎么喜欢看见他对战俘的不幸大动感情。啊！你会对我说……我清楚。感情是一回事，而行动是另一回事。他毕竟有点好激动……好在想象中看待一切。你明白我的意思吗？……他思考过多。"

"对这类工作不可能确立普遍的准则。"明智的沃登说，"想象，甚至思考，有时也产生好的结果。并非始终如此。"

四

战俘们的健康状况令尼科尔森上校担心，他来到医院和医生交换意见。

"再不能这样继续下去了，克利普顿。"他用严肃的、近乎严厉的语气说，"患重病的人当然不能劳动，但总得有个限度。现在你竟让我的一半兵员休息！你要我们如何在一个月内造好桥呢？它即将完工，这我知道，但是还有许多活儿。靠这些减了员的班组，我们停步不前。留在工地上的人已经不那么勇气十足了。"

"先生，你看看他们，"克利普顿说，听到这番话，他只得听从于理智，以便保持通常的冷静和毕恭毕敬的态度。上校要求全体部下持这种态度，不论军衔和职务，"假如我只凭职业良心，或者仅仅出于人道主义，那么我宣布不能出任何力气的人就不是你的一半兵员，而是全部了；特别像这样的工作！"

最初几个月，造桥进展迅速，除了佐藤闹情绪引起了几场风波外，没有出现别的困难。此人有时以为他应该重树权威，在酒精中汲取表现残忍、克服自卑感的勇气。但是这种发作越来越少，因为暴烈的表现显然不利于桥的施工。尽管难免发生摩擦，但由于合作卓有成效，有很长时间桥的施工比休斯少校和里夫斯上尉规定的时间表大大提前。其次，气候、需要付出的努力的性质、饮食和生存条件对士兵的健康影响很大。

身体状况变得令人担忧。战俘们没有肉吃，除非邻村的土著来卖头瘦小的牛。没有黄油，没有面包，一日三餐往往只有米饭，渐渐地他们落到皮包骨的地步，令乔伊斯大为震惊。整日拽拉绳索吊起沉重的大铁锤，它又无休无止带着扰人的撞击声落下，这苦力活儿对打桩队的士兵而言成了名符其实的酷刑。其他人分到的工作也好不了多少，尤其那些几个小时待在脚手架上的人，他们半个身子浸在水里，当落锤一次次落下，震聋他们耳朵的时候，他们必须稳住桥桩。

士气仍然比较高，因为长官们十分活跃，如哈珀中尉。此人干劲十足，精力充沛，整天用快活的口吻不遗余力地给大家打气，毫不犹豫地亲自出马，亲自动手，他这位军官也使尽全力拽拉绳索，减轻身体最弱者的负担。有些场合甚至还培养了幽默感，比方里夫斯上尉带着他的平面图、刻度尺、水平仪和他自己制作的其他仪器来了，贴着水面钻到一个摇摇欲坠的脚手架上测量，与他形影不离的日本小工程师跟在他身后，模仿他的一切动作，一本正经地往小本子上记数字。

由于军官们的态度直接受上校态度的影响，因此桥的命运总之是掌握在他的强有力的手中。他知道这一点，并为此感到作为一名长官的理所当然的自豪。他喜欢并寻求责任，而且在同等程度上喜欢并寻求伴随这荣誉和责任而来的殚思极虑的全副重担。

病号不断增多，这是他最操心的一件事。他实实在在地看到连队在他眼皮底下化解。缓缓地，日复一日，一小时接着一小时，每名战俘的一点点生命物离开人体，溶解在物质的世界里。这个由土壤、异常繁茂的草木、水和蚊子多如繁星的潮湿空气构成的世界，显然没有受到这种充实的影响。从算术的观点看，这是严格的分子交换，但用数十公斤乘五百来计算的令人痛心的损失，并没有明显的增益来补偿。

克利普顿担心流行疠疫，如已在其他战俘营发现的霍乱。直到此时，靠了严明的纪律，这场灾祸才得以避免，但是疟疾、痢疾和脚气病的病例不计其数。每一天，他认为有必要宣布更多的人不能出勤，并规定他们休息。在医院，靠了几个未遭日本人劫掠、留给病人的红十字会的包裹，他终于给那些能进食者提供了差不多像样的饮食。尤其对某些战俘而言，仅仅放松一下便犹如一贴香膏。落锤先累断了他们的筋骨，最后又损害了他们的神经系统，引起幻觉，使他们生活在永无休止的噩梦中。

爱护部下的尼科尔森上校首先把他的威信的全部分量带给了克利普顿，以便在日本人面前证明这种休息是合法的。他要求强健的人分外努力，事先平息了佐藤可能提出的抗议。

但是，很久以来，他觉得克利普顿有些过分，显然怀疑他超越了医生的权利，出于软弱忍不住把本来可以有些用的战俘宣布为病号。离规定竣工的日期还有一个月，这自然不是松懈的时候。这天早上他来到医院，想亲自看一看，与克利普顿深谈一次，可能的话把医生领回正道，既要坚定，又要有分寸。涉及一个棘手的题目，对一名医官是应该讲讲分寸的。

"哦，比方这一位。"他停下来说，向一个病号问道，"小伙子，哪儿不舒服？"

他漫步于躺在竹床上休息的两排战俘之间，有些人烧得直打寒战，另一些人毫无生气，盖着破旧的被子，只露出死尸般的面孔。克利普顿急忙用有点不容置辩的口气插进来说：

"昨夜发烧四十度，先生。疟疾。"

"好，好。"上校边说边继续走，"那位呢？"

"热带溃疡。我在他腿上挖了个洞，昨天……用一把刀；我没有别的器械。先生，我挖了一个相当大的洞，里面塞得进一个高尔夫球。"

"怪不得；昨晚我听到了喊叫声。"尼科尔森上校喃喃自语。

"就是这事儿。靠了他的四个同志才按住他。我希望保全那条腿……但我没有把握。"他低声补充道，"先生，你真的要我派他到桥上去吗？"

"别说蠢话，克利普顿。我自然不会坚持。既然这是你的意见……请理解我。问题不是叫病号或重伤员干活。不过，我们人人都应该确信：我们要在一个月的期限内完成一项工程。它要求付出艰苦的努力；这个我知道，但是我无能为力。因此，你每一次从工地夺走我一个人，结果别人的任务便加重一分。你应该时时刻刻牢记这一点，你明白吗？即使他们中有一个人的身体没有处于最佳状态，他毕竟能有点用，帮忙干些容易的活儿，比方细致的拼接，或者搞点精雕细刻……休斯不久将开始的全面抛光，嗯?"

"先生，我猜想你马上要给它上漆了吧?"

"这想都不用想，克利普顿"，上校言辞激烈地说，"我们只能粉刷一下。这对空军是个多好的靶子! 你忘记我们正在打仗了。"

"的确，先生。我们正在打仗。"

"不；不要奢侈。我反对这样做，只要工程干净完美就行了……所以我来和你谈这事，克利普顿。必须让部下明白这里有个团结一致的问题……比方，那一位怎么了?"

"胳膊伤口恶化，先生，他是在抬你那该死的、他妈的桥的梁木时受的伤。"克利普顿爆发了，"我有二十来个和他一样的人。由于他们总的身体状况不佳，伤口自然不会愈合，还感染了。我没有任何东西对他们进行适当的治疗。"

"我在考虑，"尼科尔森上校说，他固执己见，顺着自己的思路，对这段失礼的话装作没听见，"我在考虑，在这种情况下，到室外去干些适当的工作，是否比一动不动幽禁在你的窝棚里更有助于他们痊愈。嗨，克利普顿，你怎么想? 总之，在我们国家，是不会让胳膊上擦破一块皮的人住院的。我相信，如果你好好考虑一下，最终会和我意见一致。"

"在我们国家，先生……在我们国家……在我们国家!"

他双臂举向空中，做了个无能为力和绝望的姿势。上校拖着他离开病号们，到那间充作医务室的小房间去，继续为自己的事业辩护，求助于在类似情况下一位宁愿说服不愿命令的长官可能引用的一切理由。最后，由于克利普顿似乎没有完全被说服，他抛出了最有力的论据：如果他坚持走这条路，那么日本人将负责把医院里的人全部赶走，他们做事是不分青红皂白的。

"佐藤曾威胁我要采取严厉措施。"他说。

这是一句出于好心的谎言。在这个时期，佐藤已放弃使用暴力，因为他终于明白暴力不会带来任何结果。眼看着在他的正式领导下正在建设最壮观的铁路工程，他骨子里非常满意。尽管良心不安，尼科尔森上校仍然准许自己歪曲真相。他不能让自己忽略任何一个有助于大桥竣工的因素，这座桥是不屈不挠的精神的化身，这精神决不承认自己被打垮，总要振作起来，以行动证明自己地位不可辱没的尊严；这座桥还差数十英尺便可以横跨桂河河谷了。

而对这个威胁，克利普顿诅咒他的上校，但也只好顺从了。他把几乎四分之一的病号送出医院，尽管每一次必须作出抉择时，他顾虑重重，踌躇再三。他归还给工地一大群跛子、轻伤员、经常发疟疾病但尚能走路的发烧病人。

他们没有抗议。上校的信念是推倒大山、建筑金字塔、大教堂或桥梁，使垂危者含笑工作的信念。他们对团结一致的号召心悦诚服，毫无怨言地重新走上桂河之路。胳膊上缠着肮脏难看的绷带无法动弹的可怜人，用唯一那只健康的手抓住落锤的绳子，把自己减轻了的全部分量压在上面，用仅剩的精神和气力有节奏地拽着，在渐渐使桂河大桥至臻完美的苦难的总和上，增添一份痛苦努力的牺牲。

凭借这股新的推动力，大桥迅速完工，不久剩下要做的只是一点儿——照上校的说法——"精雕细刻"的活儿，以便使工程呈现"完美"的外观，世界各地的行家里手从这外观上一眼便看出欧洲人的高超技艺和盎格鲁-撒克逊人对舒适的刻意追求。

第四部
大 行 动

一

　　乔伊斯探险后过了几星期，沃登沿着准尉的同一条路线，经过令人疲乏的攀登，也来到了瞭望台。他俯伏在蕨类植物中间，此时轮到他凝视身下的桂河大桥了。

　　沃登与生性浪漫的人正好相反，他首先仅仅向桥迅速地瞥了一眼，恰好来得及满意地认出乔伊斯绘过图的工程，并验证它已完成。陪他去的有四名游击队员。他对他们说暂时不需要他们。这些人摆出最喜欢的姿势，点燃水烟袋，平心静气地瞧着他忙碌。

　　他先安装好电台，与几个情报站取得了联系。其中一个因为在占领区而十分宝贵，每天直接向他提供缅泰铁路通车后第一辆长列近期出发的迹象。收到的电报使他放了心。原令没有撤消。

　　于是他尽量舒适地铺好睡袋，放下蚊帐，细心地把盥洗用具摆放得整整齐齐，然后以同样的方式摆好将来山顶与他会合的希思的个人物品。沃登比乔伊斯年长，有远见，更稳重，经验更多。他熟悉热带丛林，过去曾利用教师的假期去作过几次探险。他知道欧洲人有时把一把牙刷看得多么重，恰当的安顿和醒来时喝的一杯热咖啡可以使人再坚持多少日子。假若事后受到敌人的步步紧逼，他们必须丢弃这些文明人的用具，这已无关紧要了。这些用具已帮助他们保持最佳状态，直至行动的时刻。他很满意自己的布置，吃了些东西，睡了三小时，然后回到瞭望台，思考完成任务的最佳手段。

乔伊斯草拟的方案经过无数次修改，最后由三人小组确定下来。有一天，一号决定将其付诸执行。根据这个方案，三一六部队的小组分手了。希思、乔伊斯和两名泰国志愿者由几个挑夫陪同，结队朝桂河远远位于桥上游的一个地点进发，因为不应在战俘营附近往船上装炸药。他们甚至顺着一条复杂的路线走得相当远，避开几座土著人的小村落。四个人将在夜间去桥边准备好装置。以为破坏桥梁是件简单的行动将铸成大错。乔伊斯将藏在敌人那一岸等火车。希思将与沃登会合，掩护撤退由他俩负责。

沃登必须在瞭望台安身，靠电台保持联系，窥伺桥周围的动静，寻找可以掩护乔伊斯退却的地点。他的任务没有严格的范围。一号给了他一点主动权。他将根据情况采取最佳行动。

"如果你看到有可能不冒暴露的风险进行某项次要的行动，我当然不禁止你去做。"希思说，"三一六部队的原则始终未变。但是你要记住桥是第一号目标，在任何情况下你都不应在这一点上破坏成功的机会。我指望你既理智，又积极。"

他知道他可以指望沃登既积极又理智。只要有时间，沃登总条有理地权衡他每个行动的得失。

沃登第一次环顾四周后，决定就在这个山顶上架起他拥有的两门小迫击炮和一门小炮，并要两名泰国游击队员在大行动时继续留在这个岗位，炮轰火车残骸，以及爆炸后企图逃跑的部队和前来增援的士兵。

这完全不出长官回顾三一六部队永不变更的原则时给他划定但未明说的范围。这些原则可以归纳如下："决不视一项行动完全结束；只要还有可能给敌人造成哪怕极小的麻烦，就决不感到满意。"（在这个领域，和在其他许多领域一样，盎格鲁-撒克逊人的"完美"是追求的目标）。而在此地，如雨点般从天而降的小炮弹落到死里逃生者的头上，显然会完全挫伤敌人的士气。从这个观点讲，瞭望台居高临下的位置几乎是个奇迹。沃登从行动的延伸中同时看到另一个重大的好处：他将转移日本人的注意力，间接掩护乔伊斯撤退。

沃登在蕨类植物和野杜鹃花丛中爬了很久才找到几个令他完全满意的地点。他发现这些地点后，唤来泰国人，指定其中两名，明明白白地向他们解释届时他们将要做的事。这两人理解很快，似乎很欣赏他的想法。

将近下午四时，沃登做完了这些准备工作，开始思考下面的安排，这时他听到从峡谷传来了音乐声。他再次观察，用望远镜窥伺敌友双方的动静。桥上空无一人，但对岸的战俘营里有奇怪的骚动。沃登很快明白，为了庆祝工程顺利竣工，战俘们获准，也许是被迫召开庆祝会。几天前收到的一份电报曾预料天皇陛下恩准举办这些节庆活动。

音乐发自一件粗糙的、肯定在当地用土法制造的乐器，但是拨弄琴弦的手是欧洲人的。沃登颇熟悉日本人的野蛮节奏，在这方面不会搞错。况且，不久又传来歌声的回响。一条因食不果腹变得微弱、但声调骗不了人的嗓子，在唱古老的苏格兰民歌。有名的副歌从峡谷升起，被和声重复着。在孤寂的瞭望台听到这哀婉动人的合唱对沃登的精神是场痛苦的考验。他尽力并成功地驱散了忧郁的思绪，全神贯注于完成使命所必须的种种手段，他的兴趣只在与筹备大行动有关的事情上。

太阳落山前不久，他仿佛觉得正在准备宴会。一些俘虏在厨房前跑来跑去。日本人的棚屋那边可以观察到乱哄哄的景象，好几名士兵又叫又笑地拥向棚屋。战俘营入口，哨兵们向他们投去贪馋的眼神。显然日本人也在准备庆祝工程的竣工。

沃登的脑子转得很快。处事沉着的优点并不妨碍他在机会到来时扑上去抓住它。他准备按照迅速制定的、而且早在到达瞭望台前已经考虑过的计划于当夜行动。在这样一个荆棘丛生的偏僻角落，像佐藤这样酗酒成性的长官和饮食几乎与俘虏一样恶劣的士兵，根据他对人的透彻了解，他估计不到半夜全体日本人将酩酊大醉。这是个格外有利的时机，可以如一号所嘱咐的那样冒最小的风险进行活动，准备几个次要的圈套，给主要行动添点三一六部队人人喜爱的辛辣调料。沃登掂量着运气，认为不利用这个奇迹般的巧合无异于犯罪。他决定下到河边，开始准备轻便的器材……再说，尽管他小心谨慎，他不也应该至少靠近一次这座桥吗？

他于午夜前不久到达山脚。庆祝会的举行一如他所料。他根据默默行军时传到他耳边的喧哗声的强弱判断它的进程：野蛮的嚎叫如对英国合唱曲的滑稽模仿，早已消逝。现在，万籁俱寂。他最后听了一次，和两名陪同他的游击队员藏在一排树后，离铁路不远；铁路穿过桥后沿河而行，正如乔伊斯所解释的那样。沃登向泰国人打了个手势。三人背上器材，小心翼翼地朝铁路走去。

沃登确信他可以十分安全地行动。这岸没有任何敌人出现。日本人在这个偏僻的角落享受到绝对的安宁，他们完全消除了猜疑。此时此刻，全体士兵，甚至全体军官大概正四仰八叉地躺着，人事不省。不过沃登仍安排了一个泰国人放哨，在另一个的帮助下开始有条不紊地工作。

他的计划很简单，很传统，这是在加尔各答"塑性炸药和破坏股份有限公司"的专门学校里教授给学生的第一个行动。此事不难：从铁轨两侧和下方清除铁路道碴的碎石，挖出一个小坑，然后紧贴铁轨内侧放进一包"塑性炸药"，其化学成分效力如此之大，倘若放置得当，仅仅一公斤便足够了。存储在一小团炸药中的能量在雷管的作用下突然呈气体释放出来，速度高达每秒数千米，连最坚硬的钢铁也经受不住，被这骤然的膨胀化为齑粉。

于是一根雷管被固定在塑性炸药中（把它插入其中和把刀插入一块黄油一样容易）。一根所谓"瞬时"引爆线把它和一个也藏于铁轨下挖的坑中的简单得不可思议的器械连接起来。该器械主要由两个金属片组成，靠一根强力弹簧分开，中间插入一根导火线。一个金属片与铁轨接触，另一片牢牢地用石头固定住。引爆线也埋在地下。一个由两名专家组成的小组可以在半小时内安好装置。如果活儿干得仔细，陷阱是看不出来的。

当机车轮子驶过装置上方时，上面的金属片压在第二片上，燃烧的导火线通过引爆线使雷管发火，引起塑性炸药爆炸。一段钢轨碎成粉末。火车出轨。如果运气好一点，炸药更猛烈一点，机车有可能翻倒。这个系统的长处在于它靠火车本身启动，安装人员可在几公里之外。另一个长处是一头动物踏上后不可能使它不合时宜地启动。需要十分重的分量，如一辆机车或一节车皮的分量。

审慎的沃登，善于盘算的沃登是这样推理的：第一辆来自曼谷的火车从右岸开来，那么，原则上它将和桥一起爆炸，倾覆在河里。这是首要目的。然后，路断了，交通中断。日本人拼命修复受损部分。他们想尽快修好，恢复交通，为这起沉重打击了他们在当地威望的暗算雪耻。他们派来一队队数不胜数的人。他们不停歇地工作，他们要辛苦几天，几星期，或许几个月。等到铁路清理完毕，桥重新造好，又一列火车驶过。这一次桥屹立不动，但是再过一会儿……第二辆火车爆炸了。除去物质损失外，肯定会产生挫伤士气的心理效果。沃登放置了比精确的需要量稍多一些的炸药，放置的方式能造成火车朝河一侧脱轨。倘若神灵保佑，那么机车和一部分车皮可能会栽进水里。

沃登迅速完成了他的计划的第一部分。他干这类活儿十分熟练，曾受过无声地搬动碎石、把塑性炸药捏成形和固定机械装置的长期训练。他几乎机械地操作，高兴地看到那名泰国游击队员，一个新手，给了他有效的帮助。他的训练是成功的，作为教师他感到欣喜。黎明前他还有很多时间。他随身带了另一个同类的、但有些差别的器械。他没有迟疑，去把它安装在与桥方向相反、离此数百米远的地方。不利用这样一个夜晚无异于犯罪。

未雨绸缪的沃登又思考起来。在同一路段遭到两次暗算后，敌人一般已有戒备，会对铁路线进行有条不紊的巡视。但也难说。有时正相反，敌人不高兴设想第三次犯罪的可能性，恰恰因为已犯过两次。况且，假如陷阱伪装得好，它可以逃过最认真的检查；除非调查者甘愿搬动道砟的全部石子。沃登装好第二个器械，它与第一个的差别在于它配备了一个装置以变换效果，制造一个新的出其不意。附件类似于一个中间传爆器。第一辆火车不会引起爆炸，只能触发这个中间传爆器。"第二辆"列车通过时才会影响雷管和塑性炸药。一名受聘于三一六部队的技术员设计了这套精巧的装置，他的想法一清二楚，富于理性精神的沃登十分赏识。在发生了一连串事故，且线路修复以后，敌人经常在重要的列车前先发一两节载满石头用无价值的火车头牵引的车皮。第一辆通过时，地面上未出任何事。于是，敌人确信已消灾祛祸。他们满怀信心，毫不提防地开出真正的火车……可你瞧！这回轮到真正的火车爆炸啦！

"未给敌方造成尽可能多的麻烦前，决不认为行动已结束"是"塑性炸药和破坏股份有限公司"的老生常谈。"始终尽力设法增加令人不快的出其不意，想出新的圈套，在对手以为终于平安无事的时刻散布混乱"是企业的头头们不断重复的一句话。沃登采纳了这些论说。当他设下第二个圈套并抹去全部痕迹后，他又动开了脑筋，考虑着再使个花招的时机。

他抱着碰碰运气的心理带来了其他的引爆器，其中之一是粒嵌在一块活动小金属板中的子弹——他有好几套——金属板可绕一个轴转动，并翻向第二块钉了一颗钉子的固定小金属板。这些引爆器是为行人准备的，上面覆盖了浅浅一层土。人们想象不出更简单的运作方式。一个人的重量使子弹的底火与钉子接触。弹头射出，穿透散步者的脚，或者，在最顺利的情况下，击中他的前额，倘若他低着头走路的话。在加尔各答，专门学校的教官们建议把这些引爆器大量撒布在"经过准备"的铁路线附近。爆炸后，当幸存者（总会有的）慌忙四处逃窜的时候，混乱中引发了一个个埋设的爆炸物，使他们更加丧魂落魄。

沃登很想把这批引爆器恰如其分地全部脱手，但是谨慎和理智告诫他不要再添加最后这些香料。被发现的危险是存在的，而一号目标太重要，他不能允许自己冒这个险。只要有一个散步者落入其中一个圈套，日本人的注意力会立即被吸引到可能的破坏上来。

天将破晓。沉着的沃登叹了口气，无可奈何地住了手，回到瞭望台。不过他很满意在身后留下一块准备得颇为充分，添加了能使大行动辣味十足的调料的场地。

二

一名游击队员突然做了个手势。他听见山顶密布的巨蕨林中有异常的断裂声。四名泰国人一时间纹丝不动。沃登抓起他的冲锋枪，准备应付一切意外。在他们身下不远处响起了三声轻轻的口哨。一名泰国人做了回答，然后挥着手臂朝沃登转过身来。"是一号。"他说。

不久，希思在两名土著的陪伴下与观察小组会合了。

"你有最新情报吗?"他一见沃登便焦虑地问道。

"一切顺利，没有任何变化。我在这儿已有三天。明日动手。火车夜里离开曼谷，明早十时左右到达。你那边怎么样?"

"一切准备就绪。"希思说，一面舒了口气，跌坐在地上。

他曾经非常担心日本人在最后一刻改变计划。而沃登从头天起便惶惶不可终日。他知道应在夜间准备行动，好几小时地侧耳细听从桂河上升起的微弱响声，思念着那些在水中、恰恰在他身下干活的战友们，无休止地估计成功的机会，想象着行动的各个阶段，试图预见有可能妨碍成功的一切偶然因素。他没有听到任何可疑的声音。照计划，希思应该在天蒙蒙亮时与他会合。此刻已过了十点钟。

"我真高兴终于见到了你。我等你等得好心焦。"

"我们花了整整一夜功夫。"

沃登仔细看了看他，发觉他疲惫不堪。仍然潮湿的衣服在阳光下冒着热气。憔悴的面容，因劳累围了一道深深的黑圈的双眼和几天未刮的胡子使他看上去没了人样儿。沃登递给他一杯烧酒，注意到他抓杯子的动作十分笨拙。他的两手布满伤痕和裂口，灰白的皮肤起了皱，被撕下来好几条。他感到动弹手指很困难。沃登递给他为他准备的一条短运动裤和一件干衬衣，然后等待着。

"你确有把握没有任何预定今天发生的事吗?"希思加重语气说。

"有把握。今早我还收到一份电报。"

希思喝了一口酒，开始小心地擦身。

"艰难的工作。"他扮了个鬼脸说，"我想，我一辈子都会感到河水的冰冷。但是一切都很顺利。"

"孩子呢?"沃登问道。

"孩子真了不起。他丝毫没有松劲。他比我更辛苦，却不觉得累。他在右岸的岗位上。他坚持今天夜里安顿好，在火车通过前不再动弹。"

"如果他被发现呢?"

"他隐藏得很好。风险是有的，但冒这个险是明智的。现在必须避免在桥附近走来走去。再说火车可能会提前到达。我肯定他今天不会睡觉。他年轻，健壮。他待在一片只有下河才能靠近的矮树丛中，而河岸又陡又高。从这儿应该能看清那个地点。他透过树叶间的缝隙只看到一样东西，那就是桥。况且他会听见火车驶来。"

"你去过那儿了？"

"陪他去过。他有道理，那是个理想的地点。"

希思抓过望远镜，试图在他认不出的背景中辨明方向。

"很难确定，"他说，"差别太大了！不过我相信他在那儿，在那棵枝条垂于水面的橙黄色大树后面三十来英尺的地方。"

"现在，一切全靠他了。"

"一切全靠他，而我信任他。"

"他带匕首了吗？"

"带了。我坚信他能用得上。"

"事前很难说啊。"沃登说道。

"是不好说，但是我相信。"

"事后呢？"

"我过河用了五分钟，但是他游泳几乎比我快一倍。我们将掩护他归来。"

沃登告诉希思他做的各项安排。头天，他又从瞭望台下来，这一次在天黑前，但是没有走到开阔的平原。他匍匐前进，寻找架设小组拥有的轻机枪的最佳地点，和游击队员们向可能的追兵开枪射击的哨所。全部阵地都仔细作了记号。这道拦阻线，再加上迫击炮弹，将在几分钟内构成适当的防护。

一号对总体部署表示赞同。接着，由于他劳累过度无法入睡，便向友人讲述头一天夜里的行动经过。沃登贪婪地听他讲，他没有参加直接的准备工作，听了讲述稍稍感到安慰。他们已无事可做，只等次日的到来。正如他们所说，现在成功取决于乔伊斯；乔伊斯和难以逆料的偶然。他们尽量耐着性子，试图忘却对那位蹲缩在敌人那一岸灌木丛中等待的主要角色的担心。

一号一经作出行动的决定，便制定了详尽的计划。他分配了角色，使每名组员可以事先考虑并进行必要的训练。这样，届时人人都能保持头脑清醒，以防不测。

以为不经过认真准备就能炸桥是十分幼稚的。沃登和里夫斯上尉一样，依照乔伊斯的速写和说明绘制了一张平面图；一张"破坏"平面图：一张桥的大比例尺图，图上给每根桥桩编了号码，标示了按技术要求放置每包塑性炸药的准确位置，用红笔勾出传递雷电的电线和引爆线巧妙相接的线路。他们每个人很快便把这张平面图印在脑海里。

但一号认为理论上的准备是不够的。他命令在距宿营地不远一座废弃不用的跨河老桥上进行了好几次夜间演习，塑性炸药包当然是用一袋袋土替代的。负责固定装置的人，即他、乔伊斯和两名泰国志愿者练习如何在黑暗中接近桥，不出声地游泳，把一只为此而做的轻巧的竹筏朝前推进，器材便固定在这只竹筏上。沃登当裁判。他很严厉，一再重复演习，直至靠拢行动尽善尽美。四个人习惯了不搅出一点声响地在水中工作，把假炸药包牢牢固定在桥桩上，并按照破坏平面图用错综复杂的引爆纬网把炸药包连接起来。终于一号表示了满意。剩下要做的只是准备真正的器材，处理一大堆重要的细节，比如用防水布包好怕水的零件。

一队人马出发了。向导顺着只有他们才知道的路把这队人带到河边，远远位于桥上游的一个地点，在那儿上船十分安全。好几名土著志愿人员充当挑夫。

塑性炸药被分成五公斤一包，每包将紧贴着一根桥桩。破坏平面图规定在每排连续六根桥桩上安放炸药，总共二十四包。那么在二十来米的长度上，全部支柱将被炸断，这足以在火车的重压下造成桥梁散架和倒塌。谨慎的希思额外拿了十来包炸药以防不测。这些炸药或许可以放在最佳位置，附带给敌人造成一些麻烦。他对三一六部队的箴言也是念念不忘的。

这些数量并不是随便选定的，而是以乔伊斯侦察时所作的测量为基础，经过计算和长时间的讨论才确定下来。三个人熟记于心的一张表列出根据形状和大小截断一根已知材料的梁木所需的炸药量。就目前的情况而言，三公斤塑性炸药从理论上讲是足够的。四公斤对一般的行动而言则安全系数相当大。一号最后决定再增加一点用量。

他这样做有充分的理由。"塑性炸药和破坏股份有限公司"的第二条原则是始终加大技术人员算出的数字。高高在上领导加尔各答学校的格林上校上完理论课后，习惯于就此问题发表几句颇有见识的话和他本人从事桥隧工程的经验之谈。

"你们根据一览表算出重量后，"他说，"总要打得宽些，然后再增加一点。对于一次棘手的行动，你们希望的是绝对有把握。如果有一丝一毫的怀疑，那么宁可多一百斤，也不少一斤。你们可不聪明，如果为了安放装置你们也许辛苦了好几夜，拿自己和部下的生命冒了险，克服了重重困难；你们可不聪明，如果为了节约点器材，破坏没有搞彻底；仅仅裂开的梁木仍在原位，可以迅速修复。我是凭经验和你们谈的，我就遇到过一次，我不知道世上还有什么比这更叫人泄气。"

希思曾发誓绝不让这种倒霉事发生在自己身上，他对原则的运用是留有余地的。另一方面也不应该走到另一个极端，在人手少时让无用的器材碍手碍脚。

水上运输从理论上讲是没有困难的。塑性炸药有许多优点，其中之一是几乎与水的密度相同。游水者可以毫不费力地拖带相当大的数量。

他们在拂晓时抵达桂河。挑夫被打发走了。四个人躲在矮树丛中等了一夜。

"你们一定觉得时间过得很慢吧?"沃登说，"你们睡觉了吗?"

"几乎没睡。我们试着睡一会儿，但时刻临近时，你知道那是怎么一回事……我和乔伊斯，我们聊了整整一个下午。我想让他换换脑筋。我们有一整夜可以考虑桥的事。"

"你们谈什么啦?"沃登问道，他渴望了解一切细节。

"他给我讲了讲他的身世……这小伙子，骨子里相当忧郁……总之经历相当平凡……一家大企业的绘图工程师……哎! 毫不出众；他并不自吹自擂。办公室的职员之流。我一直想象着这样的情景：在一间共用的屋子里，二十来个和他同龄的年轻人从早到晚在绘图板前工作。你大致明白了吧？他不制图的时候便计算……借助公式汇编集和尺子。毫不引人入胜。看上去他不大欣赏这个职位……似乎把战争当作一次出乎意料的机会接受了它。说起来真怪，一个在纸上写写画画的人，竟然来到了三一六部队。"

"里面有不少教授嘛，"沃登说，"我认识几位，都和他一样。他们不是最差的……"

"也不一定最好。没有统一的尺度。不过，他讲起往事并不尖酸刻薄……忧郁，正是这样。"

"他人不错，我能肯定……过去他绘什么图？"

"你看有多巧。公司是搞桥梁的。噢！不是木桥！它对建造也无兴趣。铰接的金属桥。标准型。公司制作部件，把桥承包出去……如同一个 Meccano① 办事处，就是这样。他呢，他不出办公室。战争前两年，他一而再，再而三地画同一个部件。专业化以及随之而来的一切，你明白吗？他不觉得这多么扣人心弦……连个大部件都不是；一根小梁，这是他给起的名儿。他的工作是确定外形，使最小的金属重量具有最大的承受力；至少我是这样理解的。我对这类事情一窍不通。还不是为了节约……公司不喜欢浪费材料。两年，花在这上面！像他这种年龄的小伙子！可惜你没听见他谈他的小梁！他声音直抖。我相信，沃登，小梁部分地解释了他对当前工作的热情。"

---

① 商标名，现指建筑或机器等的建筑模型。

"的确，"沃登说，"我从未见过为破坏桥梁的念头如此兴高采烈的人……有时我想，希思，三一六部队是上天为他这个阶级的人创造的。假如它不存在，就该把它造出来……至于你，无论如何，要是你不那么腻烦正规军……"

"你呢，如果你对在大学教书完全满意呢？……算啦！不管怎样，战争爆发时，他仍然埋头搞他的小梁。他十分严肃地向我解释说，两年中他节约了一斤半金属，在纸上。看来这很不错了，但他的上司认为他可以做得更好。他得继续再干几个月……一开战他便应征入了伍。当他听人讲起三一六部队的时候，沃登，他不是跑来，而是飞来的！……可是竟然有人否认志向！……不管怎样挺怪的，沃登。没有这根小梁，说不定他此刻不会俯伏在灌木丛中，离敌人不到一百码，腰带上别着匕首，身边有一件启动雷电的装置。"

三

希思和乔伊斯一直这样闲聊到晚上，那两个泰国人则低声交谈，议论着这次出征。希思有时顾虑重重，暗暗寻思他是否在三个人中挑选了成功机会最大的人当主角，是否受了此人热切恳求的影响。

"你有把握在任何情况下都能和沃登或我一样采取有力的行动吗?"他最后一次郑重其事地问道。

"现在我可以肯定，先生。应该让我干。"

希思不再坚持，没有改变决定。

黄昏前，他们开始把器材装上船。河岸上空无一人。他们只相信自己，亲手做了竹筏，为了便于在丛林中搬运，它由分开的两个平行部分组成。他们抬起筏子放到水里，用两根由绳子系住的横杆把两个半边装配好，形成一块坚硬的平台。接着，他们尽量牢牢地固定住炸药包。其他的包里有一卷卷引爆线、电池组、电线和组合开关。易损器材当然裹在防水布里。至于雷管，希思带了两套，一套交给了乔伊斯，另一套自己拿。他们把雷管系在腰带上，贴着腹部，这是唯一真正怕碰的装置。塑性炸药原则上是经得起撞击的。

"肚子上有这些包，你们毕竟会觉得身子有点笨重吧。"沃登提醒道。

"你知道我们决不会想到这些……这是此次巡航最小的风险之一……不过，我敢向你担保我们摇晃得很厉害。那些泰国人真该死！他们向我们许诺水道完全可以行船。"

根据土著提供的情报，他们估计行程用不了半小时。因此他们等到夜深才上路。事实上他们花了一个多钟头，而且下行时波涛汹涌。桂河除去桥附近一段波平浪静外，水流十分湍急。刚出发，一道急流便把他们卷入黑暗，卷入不可见的岩礁中间，他们无法避开岩礁，拼命抓牢那只既危险又宝贵的小船。

"如果我熟悉这条河，我本来会选择另一种靠近办法，冒险在桥附近上船。这类简单的情报，沃登，总是靠不住的，不管提供者是土著还是欧洲人。我常常注意到这一点。我又一次上了当。你想象不出我们在激流中驾驶'潜水艇'有多难。"

"潜水艇"是他们给筏子起的名字，筏子上故意放了废铁块增加重量，大部分时间它潜行于水下。压舱物计算得恰到好处，使筏子自行漂流时具有最小的浮力，只要用手指一按，它便完全消失。

"这第一道急流发出与尼亚加拉瀑布同样凶猛的喧嚣，我们在其中摇晃，颠簸，打转，在潜水艇上方或下方，从此岸到彼岸，时而擦到了水底，时而被抛到树枝间。我大致明白了处境以后（我一度感到不适，透不过气来），命令大家牢牢抓住潜水艇，不许以任何借口松开它；只专注于这个念头。这是我们唯一能做的，但没人撞破脑袋倒是个奇迹……上好的开胃酒，真的；我们正巧需要它在认真工作以前保持绝对的镇静。浪头很大，如同海上起了风暴。我觉得恶心……可是没有办法避开障碍！有时，你明白吗，沃登？我们甚至不知'前方'在何处。你觉得奇怪吗？当河道变窄，丛林在你头顶上合拢时，我看你未必知道你正朝哪个方向走。我们不是顺流而下吗？相对我们而言，除去波浪外，河水像湖面一样纹丝不动。唯独障碍物使我们对方向和速度有个概念……当我们与之相撞的时候。一个相对性问题！我不知道你是否想象得出……"

这一定是种非同寻常的感觉。他想方设法尽可能忠实地把它描绘出来。沃登入神地听着。

"我明白，希思。筏子经住风浪了吗？"

"又一个奇迹！当我的头偶尔露出水面时，我听到了断裂声；但是它顶住了……除了有一刻……是那小伙子挽救了局面。他是一流人才，沃登。让我讲给你听……第一道急流快要过完，正当我们对黑暗开始有点习惯的时候，我们猛然被推到一块在河流正当中露出水面的巨大岩礁上。我们被水的衬垫抛入空中，真的，沃登，然后又被一脉水流咬住往旁边拖。我真不会相信这事可能发生。当庞然大物离我仅仅几英尺的时候，我才看见它。我来不及了；脑中空空如也，只想到两脚往前伸，紧紧抱住一段竹子。两名泰国人被甩出了筏子。幸好我们在不远处找到了他们。真走运！……他呢，你知道他做了什么？他只有四分之一秒的时间思索。他伸直双臂成十字形扑倒在筏子上。你知道为什么吗？沃登？为了把两个部分维持在一起。是的，一根绳索断了。横杆滑脱，两半边开始分离。碰撞把它们分开了。大祸临头……他一眼看了出来，脑子转得很快。他作出了反应，奋力坚持。他就在我前面。我看见被抛出水面的潜艇向空中一跃，活像一条逆急流而上的鲑鱼；真的，他趴在上面，使出全身力气牢牢抓住竹子。他没有松手。后来，大家尽可能地绑好了横杆……请注意，他这种姿势使雷管与塑性炸药直接接触，而且他被迫喝了几大口水……告诉你，我看见他在我头顶上方。一刹那间……只有这时我才想到我们运的是炸药。这没关系。这仍然是最小的风险，我对此深信不疑。而他在四分之一秒内猜到了。一个不寻常的小伙子，沃登，我能肯定，他一定会成功。"

"沉着镇定和反应灵敏引人注目地集于一身。"沃登给予好评。

希思又低声说：

"他一定会成功，沃登。这件事是他的，谁也阻止不了他一直干到底。这是属于他的行动，这个他清楚。你和我，我们只有当助手的份儿了。我们的好时光已经过去……现在只应考虑如何帮助他完成任务。桥的命运掌握在可靠的手中。"

过完第一道急流后出现了暂时的平静，他们乘机加固了竹筏。然后，他们在一条狭窄的航道上又被摇来晃去。他们在一堆岩石前耽搁了一些时间，这堆岩石挡住了一部分水道，在上游形成徐缓的大旋涡，他们在其中打转，过了好几分钟也回不到水道上来。

终于，他们逃脱了这个陷阱。河流变宽，一下子平静下来，他们觉得驶进了波平浪静、一望无际的大湖。他们用眼睛推测河岸的远近，一直未偏离河道中央。不久，他们瞥见了桥。

希思中断了叙述，默默地望着峡谷。

"这样从上方凝视整座桥会有一种异样的感觉。夜里，人在桥下的时候，它完全是另一副样子。我只先后看过几段。这几段事前对我们很重要……事后也一样……到达时刻除外。此时，它在天幕上映出清晰得令人难以置信的剪影。我担心被人发觉，我感到别人一定会像在大白天一样看到我们，这当然是一种错觉。水一直没到我们的鼻子。潜水艇在水下，它甚至有沉到水底的趋势。有些竹子开裂了。但一切都很顺利。没有灯光。我们悄悄地溜到桥的暗影中。没有碰撞。我们把竹筏系在里面一行的一根桥桩上，然后开始工作。我们已经冻得全身麻木。"

"没有特别的麻烦吗？"沃登问。

"没有'特别的'麻烦，可以这样说；沃登，条件是你觉得这类工作是正常的……"

他又住了口，仿佛被桥迷住了，阳光依然照在桥上，浅色的木头在发黄的水上清晰可见。

"这一切使我觉得宛如一场梦，沃登。我已经体验过这种感觉。总有一天，人们会寻思是否这是真的，实实在在的，是否炸药包就放在这儿，是否真的只需在组合开关的手柄上轻轻一按。这看上去完全不可能……乔伊斯在那儿，离日本人的岗哨不到一百码。他在那儿，在橙黄色的树后面，注视着桥。我肯定从我离开他后，他一直没有动。沃登，想想明天以前会发生什么事吧！只要有个日本兵寻开心在丛林追一条蛇……我不该把他留下。他可以今天夜里再回岗位嘛。"

"他有匕首。"沃登说，"全靠他了。你给我讲讲天亮前发生的事吧。"

长时间泡在水里，皮肤变得十分娇嫩，一接触粗糙的东西便碰得又青又肿。两只手尤其碰不得。稍微擦一下便会扯破手指上的皮。第一个困难是解开把器材固定在竹筏上的绳索。这是土著制作的粗绳子，上面布满扎人的毛刺。

"看上去这很简单，沃登，但是我们的状况……而且必须在水中不出声响地干！你瞧瞧我的手。乔伊斯的也一样。"

他又朝峡谷望了望，思绪无法从在敌人那岸等待的另一个人身上移开。他把双手举向空中，凝视着被阳光晒硬了的深深的裂口，接着做了个无能为力的手势，继续往下讲。

他们都带了尖利的匕首，但是麻木的手指难以摆弄它们。再说，虽然塑性炸药性能稳定，但是用金属物品在炸药堆里搜来搜去毕竟不大妥当。希思很快发觉那两名泰国人已经派不上任何用场了。

"我原来就担心这个。上船前不久我曾对小伙子说过。我们只能靠我们两个完成工作。他们吃不消了，待在原地发抖，紧紧抱住一根桥桩。我把他们打发走了。他们在山脚下等我。我留下来单独和他在一起……要干这类工作，沃登，光有身体的耐力是不够的。小伙子顽强地挺住了；我也差不多。我相信我已竭尽全力。我老了。"

他们一个接一个解开了炸药包，按破坏平面图把它们固定在预定的地点。他们时时刻刻都得搏斗，以免被水流卷走。他们必须用双脚钩住一根桥桩，把塑性炸药放到深得别人看不见的地方，然后把它捏成形靠在木桩上，使其发挥出最大的威力。他们在水下摸索，用这些该死的绳子把它绑住，绳子锋利扎人，在他们手上划出道道血痕。将绳子系紧和打结这样简单的动作变成了可怕的酷刑。最后，他们潜入水中，用牙齿来帮忙。

这项操作占去了夜里大部分时间。下面的任务不大费力，但更加棘手。雷管和炸药包是同时固定的，必须用"瞬时"引爆线网把二者连接起来，使爆炸同时发生。这项工作要求头脑冷静，因为失误会造成挫折。"布置"破坏有点像布置电路，每个组成部分都必须各得其所。这一次有些复杂，因为一号在此也留出了很大的安全系数，把引爆线和雷管的数量增加了一倍。这些引爆线相当长，挂上为竹筏压舱的废铁块后沉入了水底。

"终于，万事齐备。我认为不太坏。我坚持最后一次把所有的桥桩看了一遍。这是没有必要的。和乔伊斯在一起，我可以放心。什么也不会变动，这个我有把握。"

他们心力交瘁，遍体青肿，浑身麻木。但是，工作越接近尾声，他们的情绪越激昂。他们拆散了潜水艇，任竹子一根接一根地漂走。他们剩下要做的只是顺流游向右岸，一个人背着裹了防水布的电池组，另一个靠最后一根空心竹竿支撑着放线，线上多处挂了重物。他们正好在乔伊斯标出的地点上了岸。河岸形成陡峭的斜坡，草木一直长到水边。他们把线藏在荆棘丛中，进入到森林十来米远的地方。乔伊斯安好了电池组和组合开关。

"在那儿，在那株枝条垂于水面的橙黄色树后，我能肯定。"希思又说。

"事情看来很顺利。"沃登说，"白昼即将过去，而他没有被人发现。我们本来从这儿是可以看见他的。谁也没有去那边散步。况且战俘营周围动静也不大。俘虏们昨天走了。"

"俘虏们昨天走了？"

"我看见大队人马离开了战俘营。为竣工举行了庆祝会，日本人肯定不希望把无事干的人留在这里。"

"我宁愿如此。"

"还剩下几个人，我想是些不能走路的轻伤员……你那时离开了他，希思？"

"我离开了他。我在那里无事可做，天也快亮了。但愿他没被人发现！"

"他有匕首。"沃登说，"一切都会顺利的。天色晚了，桂河河谷已经一片昏暗，不大可能再发生意外了。"

"'总'有难以预料的意外，沃登。你和我一样清楚。我不知道有什么隐秘的原因，但我从未见到过一次行动是按订好的计划进行的。"

"的确如此。我也注意到了。"

"这一次，意外将以何种形式出现呢？……我离开了他。当时我口袋里还有一小包米饭和一水壶威士忌，我们吃剩下的食物，这食物是我如同带雷管一样小心翼翼地带来的。我们每人喝了一口酒，然后我把一切全留给了他。他最后一次向我保证他感到对自己有信心。我留下他一个人走了。"

四

希思聆听着桂河透过泰国丛林传来的无休止的浅吟低唱，莫名其妙地感到透不过气来。

现在，他已经习惯了伴随他的思想和行动的持续吟唱，但今天早上他没有听出它的强度和节奏。他久久保持不动，心里忐忑不安，全部官能处于戒备状态。物质环境难以界定的其他因素不可理解地渐渐显得陌生了。

他在山顶度过了一天，又在水里泡了一夜，这期间他接受了周围的环境，此时他觉得环境发生了变化。这开始于拂晓前不久。一种异样的感觉首先无法解释地使他惊讶，继而又令他担忧。这感觉循着晦暗不明的感官之路，逐渐侵入他的意识，嬗变为一个想法。这想法还很模糊，但正在拼命寻找一个愈来愈确切的词语。天亮时，他只找到了下面这句话来准确表述它："笼罩在桥和桂河上的气氛有了变化。"

"有了变化……"他低声重复着这句话。对"气氛"的特殊感觉几乎从未欺骗过他。他的不安愈益加剧，直至变为焦虑，他一步步地推理，竭力将它驱散。

"当然有了变化。这十分自然。地点不同，听到的音乐也不同。我如今在山脚下的森林里。回声与在山顶或水中时不一样……如果这工作还要持续很久，我最终会听到人的嗓音！"

他透过枝叶张望，但没有发现任何特别的东西。曙光尚未把河流照亮，对岸仍是一个紧密难分的灰色整体。他强迫自己只想着战斗方案和等待行动时刻来临的各小组的位置。行动临近了。夜间，他和四名游击队员从瞭望台下山，安顿在沃登挑选的地点，离铁路不远，稍稍在它上方。沃登和另外两名泰国人留在山上，迫击炮旁边。他俯临战场，准备在大行动后也进入战斗。这是一号的决定。一号使他的朋友明白，在每个重要的岗位都必须有个头儿，有位欧洲人，在必要时作出决定。预见一切并于事前下达死命令是不可能的。沃登服从了，至于第三名，亦即最重要的成员，整个行动的成败将取决于他。乔伊斯在那边已超过二十四小时，他恰好与希思遥遥相望。他在等火车。一条电文宣布列车已于夜间从曼谷开出。

"气氛有了变化……"守候在机枪旁的泰国人也显出骚动不安的样子。他跪起来窥伺河流。

希思的焦虑没有消除。那感觉始终在寻求表达它的更确切的字眼，同时又逃避分析。希思为这恼人的奥秘大伤脑筋。

响声变了，他可以肯定，干希思这一行的人出于本能可以迅速记住自然界的交响乐。这已经给他帮过两三次忙。旋涡的颤动声，水分子与沙粒摩擦的噼啪声，被水流冲弯的树枝的断裂声，这一切在今天早晨汇成一曲不同的、不大喧闹的合奏……对，肯定没有上一天喧闹。希思认真地想他是否正在变成聋子。或者，他的神经是否出了毛病？

但是泰国人不可能同时变成聋子。再说，还有别的。感觉中的另一个因素倏地掠过他的意识：气味也变了。今早，桂河的气味不同以往。压倒一切的是潮湿淤泥散发出来的、几乎如池塘边的气味。

"River Kwai down!"①泰国人突然大叫。

阳光开始把对岸的细微部分呈现出来，希思恍然大悟。那棵树，那棵橙黄色的、乔伊斯藏于其后的大树，它的枝条不再浸在水里。桂河水位下降了。水位在夜间下落。落了多少？也许一英尺？此时，树前，斜坡下，露出一片卵石河滩，上面还缀满水珠，在朝阳下闪闪发光。

希思作此发现后，立即为找到了不安的原因感到满意，并且对自己的神经恢复了信心。他的感觉很准。他还没有发疯。旋涡起了变化；不论是水中的旋涡抑或空中的涡流。整个气氛确实受了影响。新露出的仍然潮湿的土解释了淤泥气味的来由。

灾祸从不即刻被人承认，思想的惰性要求有个过程。希思一个一个地发现了这寻常小事必然导致的后果。

桂河水位下降啦！在橙黄色的树前，昨天淹没在水中的一大片平地如今清晰可见。线……电线……！希思不由发出一声猥亵的惊叫。线……他掏出望远镜，贪婪地在夜间刚露出的坚实地面上

---

① 英文，桂河水位下降啦！

搜寻。

电线在那儿。有一长段已露出水面。希思的目光顺着电线走，从水边一直到斜坡；一条深色的线，上面挂着被水冲来的一株株草。

不过它还不十分显眼。希思之所以发现了它，是因为他在找它。如果没有日本人偶然经过，它可能不会被人注意……但是，过去无法抵达的河岸！……如今斜坡下是一片连绵的河滩，它向前延伸……很可能一直延伸到桥（此处看不到桥）。在希思愤怒的目光下，它似乎正在邀人来散步。不过，等火车的日本人大概很忙，抽不出时间到水边闲逛。希思擦了擦额角的汗。

行动从来不和计划完全一致。一个寻常的、普通的、有时很滑稽的变故总在最后一分钟来打乱准备得最周密的计划。一号自责没有料到河水下降是个应受谴责的疏忽……而且偏巧在昨夜，而不是今天或者前天夜里！

这片无遮无掩的河滩，没有一丛草，光秃秃的，像真理一样赤裸裸，十分惹人注目。桂河水大概下降了很多。一英尺？两英尺？或许更多？……天啊！

希思突然一阵眩晕。他紧紧抓住一棵树，以便向泰国人掩饰四肢的颤抖。这是他一生中第二次受到如此的震撼。第一次，是因为感到敌人的血流到了他的手指上。他的心事实上真的停止了跳动，而且全身渗出了冷汗。

"两英尺？或许更多？……万能的上帝啊！那些炸药包！桥桩上的塑性炸药包！"

五

乔伊斯在希思与他默默握手道别，把他一个人留在岗位上后，有很长一段时间昏昏沉沉。必须只依靠自己的信念像酒力一样冲上了他的头。身体对一夜的劳顿和浸透了水的冰凉衣服毫无感觉。他还从未体验过在山巅或在黑暗中，绝对的孤独给予人的这种威力无穷、君临天下的感受。

待他苏醒过来，他不得不听从理智的劝告，决定在曙光即将出现以前做几件必要的事，以免因虚弱而受到影响。倘若这个念头没有掠过他的脑际，他原本会这样一直待着不动，背靠一棵树，手放在组合开关上，目光转向桥。在一大片密不透光的低矮的荆棘上方，透过一株株大树不甚茂密的枝叶，黑色的桥面映现在群星闪烁的天幕一角。这是希思动身后他出于本能采取的姿势。

他站起来，脱下衣服把水拧干，揉擦冻僵了的躯体，然后穿上短运动裤和衬衣；衣裤即使是湿的，也能替他遮挡黎明的寒气。他尽可能多地吃了希思给他留下的米饭，喝了一大口威士忌。他断定走出隐身处去打水为时太晚，便用了一部分酒精清洗布满四肢的伤口。他又坐在树下等待。这一天没有发生任何事。这不出他所料。火车次日才会到达；但是，在现场，他觉得他可以引导事态的发展。

他好几次看到桥上有日本人。他们似乎没有疑心，谁也不朝他这边望。如同在梦中一样，他在桥面上选定了一个容易认出的点，一条与他和一根枯枝成一条线的栏杆横档，这横档在全长的一半处，就是说正好处于那段要命的通道的起点。当机车开到那里，或毋宁说还差几码的时候，他将用全身气力按下组合开关的手柄。他拆下电线，跟随想象中的火车头把这个简单动作练习了二十多次，使之变成本能的行动。装置运转良好。他仔细地揩拭它，注意擦掉哪怕一点点污迹。他的反应也无懈可击。

白昼迅速过去。天黑后，他走下斜坡，喝了几大口泥浆水，把水壶灌满，然后又回到藏身处。他没换姿势，背靠树坐着，让自己打了个盹。倘若火车时刻表临时有变动，他听得见火车驶来，对此他是有把握的。在丛林逗留期间，人很快会习惯在无意识中保持野兽的警觉。

他睡了几小觉，中间被长时间的熬夜隔开。无论是睡是醒，当前冒险经历的一个个片断和他上船前与希思一起回顾的往事莫名其妙地交替出现。

他在积满灰尘的研究室里，一生中最重要的几年，他在那里度过了漫长的忧郁时光，面对被一盏聚光灯照亮的制图纸，他在长得没有止境的白昼俯身于纸上。小梁，他从未注视过实物的金属部件，在纸上展开表示它的两维符号，这些符号独霸了他的青春年华。平面图、断面图、正视图和各式各样的剖面在他眼皮底下产生，带着肋条的全部细节。经过两年在黑暗中的摸索，这些肋条的巧妙布局给他节约了一斤半钢材。

在这些图像中，一些褐色的小长方形如今来固着于肋条上，它们类似于沃登在桥的大比例尺示意图上勾出的、绑在二十四根桥桩上的长方形。在数不胜数的试验中，每一次名称组字都使他难受得抽筋。名称向四周扩张，然后在他的视线中变得模糊不清。他徒劳地尾随着字母，它们在整张纸上散开，最后又聚拢到一起，组成一个新的字眼，正如有时在银幕上放映电影时的情景。这个字眼便是大号黑体的"破坏"，发亮的油墨折射出聚光灯的光焰。它抹去了其他一切符号，铭刻在他的幻觉的屏幕上。

他并非真的摆脱不了这个幻象。他可以随心所欲地赶走它，只要睁开双眼。桂河大桥以深暗的颜色铭刻在夜的一隅，黑夜驱散往昔灰头土脸的幽灵，把他拉回到现实中来；他的现实。这件事后，他的生活将改观。他觉察出自己的变化，已经在品尝成功的琼浆玉液。

天刚蒙蒙亮，他几乎和希思同时感到了因桂河散发气味的明显变化所引起的不安。气味是逐渐改变的，在他处于麻木状态时没有引起他注意。从他藏身的窝里，他只看得见桥面。河被遮住了。但是他确信他的感觉没有错。这个信念很快压得他喘不过气来，他觉得必须做些事。他在灌木丛中朝河爬去，来到最后一丛可用来遮挡的树叶前。他四下张望，明白了心烦意乱的原因，同时发现了卵石河滩上的电线。

他的思想经历了和希思一样的几个阶段，逐步发展为对一场无法弥补的灾难的静观。想到塑性炸药包，他感到了同样的肉体崩溃。从新的位置上，他可以看到桥桩。只需抬起眼睛。他强迫自己做了这个动作。

他经过相当长时间的观察，才得以判断桂河稀奇古怪的运动所包含的危险的程度。即使在专注的审视之后，他也不能作出准确的估计，随着流水在桥周围激起的万千涟漪，希望与焦虑交替而生。乍一看，一股给人以快感的乐观的暖流放松了因第一个念头的可怖而变得紧张的神经。河水并没有下降多少。炸药包仍在水下。

……至少，从他不太高的位置上看情况似乎如此。但从高处，从桥上看呢？……甚至从这儿看呢？他更加全神贯注，此时发觉在他所熟悉的桥桩的周围，在他留下片片皮肉嵌于其上的桥桩的周围，波涛相当汹涌，好像固定不动的沉船残骸在水面掀起的大浪。他无权抱幻想。在这些特别的桥桩周围，浪比其他地方更大……紧靠其中一根桥桩，他似乎不时分辨出一小块褐色的东西，在颜色更浅的木头上十分显眼。有时它宛若鱼脊露出水面，转瞬之间却只剩下旋涡。炸药大概贴近液体的表面。警觉的哨兵在栏杆上方稍稍弯一下身，便一定能发现外面几排的炸药。

或许河水仍在下降？或许，再过片刻，炸药将完全暴露于众人的目光下，仍然滴着水，在泰国天空强烈的光线下闪闪发亮！这幅

147

画面的荒谬滑稽令他四肢冰凉。几点钟了？再过多长时间？……阳光刚开始照亮峡谷。火车不会在十点钟前到达。他们的耐心、工作、辛劳、痛苦，骤然间一切都因高山流水不通人情的反复无常变得不值一提，甚至几乎成为笑柄。为了大行动的成功，他一下子献出了靠经年累月的约束节省下来的遭到鄙夷的全部活力和力量的储备，这成功要再赌一次，放到对他内心的渴望无动于衷的天平上重新称量。他的命运将在火车到来之前的分分秒秒里赌个输赢；赌博把他排除在外，在一个高层面，或许在一个人的意识中进行，但这是一个外来的、冷酷的、对他的冲动不屑一顾的意识，它高高在上地操纵人间事物，不会被任何意志、任何祈求、任何绝望所打动。

现在，炸药会不会被发现并不取决于他的努力，这个信念反倒使他稍稍平静下来。他不准自己想这个问题，甚至不准自己许愿。他没有权利为超越人的认识的世界所发生的事情浪费一丁点精力。他必须忘记这些事，把全部本领集中于尚在他干预范围内的因素上。他必须全神贯注于这些因素，而不是任何别的因素。采取行动仍然是可能的，他必须事先考虑好行动可能具有的形式。他总思考自己未来的行为。希思已经注意到这一点。

假如塑性炸药被发现，火车将在桥的前方停下。那么他将在自己暴露以前按下组合开关的手柄。损坏可以修补，行动失败了一半，对此他无能为力。

涉及电线，他的处境就不同了。电线只能被一个下到河滩，离他几步远的人发现。那么，他仍有可能采取个人行动。此刻也许桥上或对岸没有人看见他？而且斜坡使战俘营的日本人看不见卵石河滩。那人在告警前很可能会犹豫不决。那时，他乔伊斯就该行动，迅速行动。为此，他必须始终盯住河滩和桥。

他又考虑了一下，回到原来的藏身处，把他的装置带到新的岗位。岗位前有稀疏的草木作屏障，他可以同时观察桥和被电线划上一条横线的裸露的地面。一个念头在他脑际闪过。他脱掉运动短裤和衬衣，只穿三角裤。这差不多是战俘们的工作服。倘若有人远远瞥见他，可能会把他当作他们中的一员。他仔细安装好组合开关，然后跪了下来。他从套子里拔出匕首，把他的装备中这个重要的、在"塑性炸药和破坏股份有限公司"的出征中从未被人遗忘的附件放在身边的草地上，开始等待。

时间的流逝万分缓慢，像桂河逐渐下降的流水一样速度放慢，流势和缓，水分子低声细语，以长得没有止境的秒为单位替他计算的时间，难以觉察地蚕食着未来的危险期限，累积起往昔不可估量，但极其微小，与其心愿悲惨地不成比例的安全时刻。热带的阳光涌入潮湿的峡谷，把浸透水的黑色沙粒和刚刚露出的土照得闪闪发亮。太阳把桥的上部建筑切割成小窗户后，一度曾被桥面遮住，此时升到这条横线的上方，恰恰在他面前投下人造工程的巨大影子。这影子在卵石河滩上勾出一条与电线平行的直线，它在水中变了形，起起伏伏，波动不止，然后在河对岸与群山相接。天气炎热，他划破的手上裂口变硬了，身上被成群五颜六色的蚂蚁拼命叮咬的伤口灼痛难忍。但是肉体的痛苦并没有转移他的思绪，只以疼痛伴随着一段时间以来折磨着他的挥之不去的念头。

正当他努力确定行动必然要采取的形式时——如果在他即将经

历的时刻，他的命运线与某个事件相交的话——新的焦虑突然攫住了他。一名日本兵经不住卵石沙滩的诱惑会在水边懒洋洋地散步，他瞥见电线会大吃一惊，他会停下来，俯身抓住它，一动不动地待一会儿。他，乔伊斯，应该在此时介入。他必须事先想好自己的动作。希思说过，他思考过多！

行为的联想足以使他神经紧张，肌肉麻痹。他不应该回避。他预感到完成这个行为义不容辞；它经过了长时间的准备，是一次次冒险顺理成章的结尾，这些冒险不可避免地会聚于对他能力的最后考核。在一切考验中，它最令人生畏，令人厌恶，他可以将它扔到天平的一个秤盘上，单单它负载的牺牲和恐惧的分量便足以使天平梁摆脱命运黏糊糊的重力，朝胜利倾斜。

为了实现这个最终目标，他动足了脑筋，兴奋地回忆受过的教导，试图全心全意、劲头十足地付诸实施，但是他无法驱散直接后果的幻觉。

他回想起他的上司以前提出的一个不放心的问题："到时候你'能够'冷静地使用这件工具吗?"他的本能和诚意受了搅扰，当时没有作出斩钉截铁的回答。上船的时候，他的答复是肯定的；现在他却毫无把握了。他望着放在身边草地上的武器。

这是一把刀面细长的匕首，柄较短，正好可以握住，金属的，很沉，与刀面浑然一体。三一六部队的理论家们多次修改了它的形状和型面。教授的方法很明确：不能只握紧拳头瞎刺；这太容易，人人做得到。任何破坏都需要技巧。他的教官们教给他两种使用方法。为了抵御猛冲过来的对手，规定动作是把匕首举到身前，刀尖微微翘起，刀刃朝上，如给畜类开膛一样始终自下往上刺。这个动作本身是他力所能及的。他几乎可以本能地做。但现在的情况不同。不会有任何敌人朝他扑来。他无需自卫。面对他感到正在临近的事件，他应该使用第二种方法。它无需多大气力，但要求敏捷和异常的镇定。这是为了在夜间消灭一个哨兵，使他来不及也不可能告警而向学员们推荐的方法。必须从后面刺他；不是刺他背部（这也太便当了！）。必须割断他的咽喉。

应当翻过手来拿住匕首，指甲朝下，拇指伸至刀面下端，以求动作更准确；刀面横向，与牺牲品的身体成直角。应该从右往左刺，坚决但不过猛，以免偏斜，刺向耳下几厘米的某个点。必须对准并刺中这个点，而不是别的点，使那人不能叫喊。这便是操作的概要。它还包括刺入后立即要做的其他附带而重要的动作。但是加尔各答的教官们带着几分幽默对此所做的嘱咐，乔伊斯甚至不敢低声对自己重复一遍。

他无法驱走直接后果的幻象。于是，他反而强迫自己凝神注视这个图像，创造它，突出其立体感和令人憎恶的颜色。他逼着自己分析它最可怖的方方面面，疯了似的希望自己感到餍足，达到习惯所引起的超脱境界。他把那一幕重演了十遍，二十遍，渐渐地在自己眼前，在河滩上构筑出一个人——不再是一具幽灵，不再是内心的一幅朦胧的画——一名实实在在的日本兵，穿着军装，戴一顶怪模怪样的帽子，耳朵露出帽外。他悄无声息地抬起半弯的胳臂，瞄准耳朵稍下方的一小块褐色的皮肉。正当匕首以他攥紧的拳头为轴心拼命完成附带的动作，猛然收拢的左臂勒紧牺牲品的脖颈时，他不得不感觉和估量出现的阻力，观察鲜血的喷涌和痉挛。他伸着四肢在他设想得出的极度恐惧中躺了很久，竭尽全力把自己的身体训练成一架听话的、无感觉的机器，全身肌肉感到难以承受的疲劳。

他对自己仍无把握，惊恐地发觉他的准备方法没有产生效果。对昏厥摆脱不掉的担心和对责任的凝视同样无情地折磨着他。他必须在两个恶行之间作出抉择：一个可耻，在永无止境的羞耻和愧疚中散布恐怖；另一个在可憎行动的几秒钟内集中了同样多的恐怖，但它被动，只要求懦弱的纹丝不动，并以简便易行的毒辣诱惑残忍地令他着迷。他终于明白他永远不能镇定地、完全自觉地作出他一再想象的举动。相反，他应该不惜一切代价把它从头脑中赶走，找一件带有刺激性或者麻醉性的事散散心，把他拖到另一个领域中去。他需要冷若冰霜的、可怕的责任感之外的帮助。

外来的帮助……？他以祈求的目光环顾四周。他孤单一人，赤身露体，在外国的土地上，蜷缩着身子躲在一簇灌木下，有如丛林中的一头野兽，受到各式各样敌人的包围。他唯一的武器是这把灼痛他手心的凶残的匕首。他徒劳地在激发了他的想象力的背景的某个部分寻找支持。现在，桂河河谷的一切都含着敌意。桥的影子一分钟一分钟地远去。工程只剩下一个没有生气、没有价值的结构。他不能指望得到任何援助。他没有烧酒了，连米饭也没有了。假若他吞下随便什么食物，会感到轻松一些的。

帮助不可能来自外部。他唯有依赖自己的力量。这是他的愿望。他曾为此兴高采烈，感到自豪和陶醉。他觉得自己的力量不可战胜。它不可能骤然瓦解，使他一蹶不振，如同被破坏的发动机的机械！他闭眼不看周围的世界，把目光移向自身。倘若存在得救的可能性，它正是在这儿，而不在地上或天上。在当前不幸的处境中，他唯一可以揣测到的一线希望之光，是中毒的思想在内心诱发的图像勾魂摄魄的闪光。想象是他的避难所。希思曾为此感到不安。谨慎的沃登没有直截了当地表示这是优点还是缺点。

以毒攻毒，用有意识的顽念战胜顽念的妖术！展开记载着代表他的精神资本的符号的胶卷；以严厉探究的目光仔细观看他的精神世界中的一切幽灵；满腔热情地在他一生的这些非物质的见证中间搜寻，直到发现一个颇具吸收性，足以占满他的意识领域而不留下空隙的形象！他情绪高涨地检阅这些想法。对日本人的仇恨和责任感是不足挂齿的兴奋剂，没有在任何比较清晰的画面中显现出来。他想到他的上司，他的朋友，他们完全信赖他，正在彼岸等待。这同样不够真实，只能促使他牺牲自己的生命。连成功的陶醉现在也起不了作用。那么，或者他应该以比这半明半暗的光环更容易感觉到的形式想象胜利，这光环苍白的亮光再也找不到任何可以攀附的物质。

一个图像倏然掠过他的脑际。它在刹那间明亮地一闪。未等他辨识出来，他直觉地感到它意味深长，足以体现一个希望。他力图重新找到它。它又闪了一下。这是昨夜的幻觉：聚光灯下的绘图纸，不可胜数的小梁图，一些棕色的长方形贴合其上，一个名称雄踞四方，无休止地用闪光的粗体字母组成一个词："破坏"。

它不再熄灭。自被他的本能呼唤的那一刻起，它胜利地占有了他的头脑，他感到唯独它坚实、全面、有力，足以使他超越厌恶和他的可怜躯壳的颤抖。它如醇酒一样醉人，如鸦片一样缓解痛苦。他任其占有自己，注意不让它逃脱。

　　到了这种自愿催眠的状态，他瞥见桂河大桥上有日本兵时没有感到惊讶。

六

希思瞥见了日本兵，再次担忧起来。

对他而言，时间的流逝同样无情地放慢了节奏。联想到炸药他一阵慌乱，而后恢复了镇静。他把游击队员们留在岗位上，自己爬了一段坡，在可以一览无余地看到桥和桂河的地点停下。他用望远镜发现并观察了桥桩周围的小波浪，觉得看到一小块褐色的东西随着旋涡的起落时隐时现。出于条件反射，出于需要和义务，他满腔热情地寻找个人的干预手段，以避免命运的这一打击。"总还有事情可做，总还有行动可以尝试"，三一六部队的当权者们如是说。自干上这一行起，希思头一次一无所获。他痛骂自己无能。

对他来说大局已定，他并不比沃登更有可能予以反击。后者在山上恐怕也看到了桂河这一背信弃义的行为。或许乔伊斯行？但他是否发现了变化？谁能知道他是否具备面对悲剧性局面所需要的意志和反应？希思以前估量过在这种场合要克服多大的障碍，他苦涩地自责没有取代乔伊斯的位置。

两个漫长的小时过去了。他从高处辨认出战俘营的棚屋，看到身着检阅服的日本兵走来走去。在那儿，离河一百余米，有整整一连人在等火车，准备向参加通车典礼的当局致敬。也许典礼的筹备工作会转移他们的注意力？希思希望如此。但一支从岗哨过来的日本巡逻队正朝桥走去。

一队人由一名中士带领，在铁路每一侧排成两行走上桥面。他们走得很慢，步伐懒散，枪支随随便便地扛在肩上。他们的任务是在火车通过前最后巡视一遍。他们中有个人时时停下来，凭栏俯下身去。他们玩这个把戏显然是为了问心无愧，照接到的指示办。希思相信他们根本不认真，很可能的确如此。桂河大桥不会出任何意外，他们是眼瞧着它在这偏僻的河谷里建成的。"他们视而不见。"希思一面目送他们前进，一面对自己重复着。他们的每一步都在他的头脑中鸣响。他尽力盯住他们，窥伺他们行进中的每一个细小的动作，心里却不自觉地开始向上帝、魔鬼或其他冥冥中的力量——如果存在的话——含糊其辞地祈祷。他机械地估计他们的速度，每秒走过桥的几分之几。他们走过了中点。中士倚着栏杆，指着河与排头兵讲话。希思咬住手以免叫出声来。中士笑了，可能他在评论水位的下降。他们又开始走。希思猜中了：他们视而不见。他觉得，由于他用目光伴随他们，他对他们的感觉施加了影响。远距离的暗示现象。最后一个人消失了身影。他们什么也没注意到……

他们回来了，以同样的从容反方向迈着大步过桥，其中一人朝危险地段俯下整个上半身，然后回到巡逻队中原来的位置。

他们走了过去。希思擦了擦脸上的汗。他们走远了。"他们什么也没看见。"他机械地低声重复这句话，好说服自己相信奇迹。他唯恐有失地目送着他们，等他们重返连队才移开目光。一股奇怪的自豪之情油然而生，他不禁生出了新的希望。

"我要是他们，"他喃喃地说，"我不会这样粗枝大叶。不管哪个英国兵都会觉察出破坏活动……算了！火车不会远了。"

仿佛对这最后一个想法作出回答，敌人那一岸响起沙哑的命令声。人群中一片忙乱。希思极目远眺。天际，在平原那边，一小片云似的黑烟暴露了日本人第一趟横穿泰国的列车，第一辆满载部队、军火和日本高级将领的火车即将穿过桂河大桥。

希思的心软了，他对冥冥中的力量感激涕零。

"现在，再没有任何东西能够阻拦我们。"他又低声说，"意外使尽了招数。再过二十分钟火车就到了。"

他克制住躁动不安的情绪，下山去指挥掩护小组。他猫着腰在灌木丛中穿行，注意不暴露目标，没有看见对岸有位仪表堂堂、身着英国上校军装的军官正朝桥走来。

一号回到岗位，心中仍被这倾泻而下的激情搅得纷乱如麻，全部感官已专注于对轰隆一声巨响以及随之而来、体现成功的耀目火光和车毁桥塌的过早感觉。此时，尼科尔森上校也走上了桂河大桥。

他问心无愧，与天地万物，与他的上帝相安无事，一双眼睛比热带地区暴雨过后的天空更明澈。他用红皮肤上的全部毛孔体味着能工巧匠结束一件困难工作后允许自己享受应得休息的满足，他为凭借勇气和坚韧不拔克服了重重障碍而自豪，为他和士兵在如今他觉得几乎已被兼并的泰国这一隅之地完成的工作而骄傲。他心情轻松地想到他没有愧对祖先，为帝国建造者们的西方传奇增添了一段非同寻常的插曲。他坚信没有人能够比他做得更好，固守着同种族者在一切领域比别人优越的信念。他很高兴用半年时间作出了光彩夺目的示范，内心充满胜利的成果唾手可及时酬报长官辛劳的欢乐。他小口小口地品着胜利的美酒，对工程的质量深信不疑，渴望在获得殊荣前最后一次独自衡量靠劳作和才智积累的全部完美的成果，同时作最后一次视察。尼科尔森上校迈着矫健的步伐行进在桂河大桥上。

大多数俘房和全体军官已于两天前步行去一个集合地点，然后将被派往马来亚、各岛屿或日本完成别的工程。铁路已竣工。东京的天皇陛下恩准并规定在缅甸和泰国的各个兵团组织联欢以示庆祝。

桂河营的联欢会开得尤为隆重，尼科尔森上校坚持要这样做。在铁路全线，日本高级军官于联欢会前发表了惯常的演说，将校们套上黑靴，戴着灰色手套登上露天舞台，晃着胳臂和脑袋，在大批受伤、患病、满身溃疡、被几个月的地狱生活搞得神思恍惚的白种人面前，怪腔怪调地把西方世界的字眼说得走了样。

佐藤讲了几句话，自然把南亚共荣圈颂扬了一番，又屈尊对战俘们表现的忠诚表示感谢。最后这段时间，克利普顿眼见濒临死亡的人为了大桥的竣工在工地苦苦挣扎，他的从容态度经受了严峻的考验，此时气得都快哭了。接着他不得不忍受了尼科尔森上校的简短演说，上校向他的士兵们表示敬意，赞扬他们的勇气和忘我精神。上校最后说他们没有白白受苦，他为指挥过这样的部下感到骄傲。他们在苦难中的举止和尊严将成为整个民族的楷模。

然后举行了联欢会。上校兴致勃勃，积极参加。他知道对他的部下而言，最可怕的莫过于无所事事，他强制他们组织大量文娱节目，他们紧张地准备了好几天。会上不仅有几曲合奏，还有一出由士兵们化装表演的喜剧，甚至有一段由男演员反串的芭蕾舞，引得他朗声大笑。

"你看，克利普顿，"他说，"你有时批评我，可是我维持住了；我维持了士气；我维持了最重要的东西。士兵们挺过来了。"

这话不假。在桂河营，精神面貌完好如初。克利普顿望了一眼周围的士兵，不得不承认这一点。显然他们从这些庆祝活动中得到孩童般天真的快乐，发自内心的叫好声使人毫不怀疑他们士气的高涨。

次日，战俘们出发了。留下的只有重病号和腿部受伤的人。他们将乘坐即将从缅甸开来的火车撤到曼谷。军官们与部下一起动身。里夫斯和休斯十分遗憾不得不跟随队伍走，没有得到允许看第一辆火车从他们千辛万苦建造的工程上通过。然而，尼科尔森上校获准留下护送病号。他以惯常那种不卑不亢的态度请求照顾，由于他帮了大忙，佐藤无法拒绝他。

他迈着有力的大步走着，得意地把桥面踩得咚咚直响。他打了胜仗。桥竣工了，虽不奢华，但"完美无疵"，足以使西方人民的美德在泰国的天空下大放异彩。这正是他此刻应该待的位置，在凯旋的队伍来到前作最后一次巡视的长官应该待的位置。他不可能待在别处。他为忠实的合作者和也有资格受到礼遇的部下的离去感到痛苦，他本人的在场给了他些许安慰。幸好他在这儿。他知道桥很坚固，没有缺陷，不会辜负人们的期望。但是什么也不能替代负责长官的眼力；对此他确信无疑。预料一切是绝对办不到的。丰富的阅历告诉他事故总有可能在最后一刻发生；瑕疵总有可能暴露。逢到这种场合，最优秀的下属也无法迅速作出决定。他当然对今天早上佐藤派出的日本巡逻队所做的报告不屑一顾，他要亲自看看。他边走边用目光探询每根梁是否牢固，每个拼接处是否天衣无缝。

他走过桥中央，凭栏俯下身去，正如他每隔五六米所做的那样。他盯着一根桥桩，吃惊地站住了。

主子的眼睛一眼便看出炸药在水面激起的一圈圈轮廓分明的水纹，尼科尔森上校更注意地审视，隐隐约约觉察有团褐色的东西靠在木头上。他迟疑片刻，又朝前走，在几米远的另一根桥桩上方停下，再一次俯下身去。

"奇怪。"他喃喃自语。

他仍然迟疑不决，穿过铁路，朝另一边望。在水下几乎不到一英寸的另一个褐色物体出现在他面前。他感到难以形容的不安，如同看到一个污点玷污了他的工程。他决定继续朝前走，直至桥面尽头，然后转身往回走，如巡逻队所做的那样。他又驻足良久，若有所思，出神地看着，一边摇着头。最后，他耸了耸肩膀，返回右岸。边走边自言自语。

"两天前没有这东西，"他嘀咕着说，"那时水位确实高些……很可能是一堆垃圾，残留的污物挂在了桥桩上。不过……"

他脑中闪过一丝怀疑，但是真相太离奇，他无法看清楚。然而，他不再泰然自若。他的早晨被糟蹋了。他再次折回去看这个反常的现象，找不到任何解释，终于又回到岸上，心里始终七上八下。

"这不可能，"他喃喃自语，再一次细想掠过他脑际的那一丝模糊的怀疑，"除非那帮中国的布尔什维克分子……"

在他头脑中，破坏与敌方海盗有着密不可分的联系。

"在这儿不可能。"他重复道，但是情绪再也好不起来了。

现在已经可以看见火车。它仍然很远，在铁道上吃力地行驶。上校估计它过十分钟才会到。佐藤在桥与连队之间踱来踱去，带着通常与上校在一起时的局促不安看着他走来。尼科尔森上校走近这日本人时，突然作出了决定。

"佐藤上校，"他神色威严地说，"那儿有点可疑的事儿，最好在火车通过前去仔细看看。"

他不等回答，迅速冲下斜坡。他想登上系于桥下的土著的小船，去桥桩周围转一圈。到达河滩时，他本能地以训练有素的目光把它整个扫视了一遍，发现闪光的卵石上有条电线。尼科尔森上校紧锁双眉，朝引爆线走去。

七

正当他以天天进行适度的体育锻炼才保持下来的灵活和直面传统公理的平静心情走下斜坡时，他进入了希思的视野。日本上校紧跟在他后面。希思此时才明白敌手尚未打出所有的牌。乔伊斯早就看到了他。乔伊斯处于终于达到的催眠状态，虽发现他在桥上转来转去，但没有再感到激动。他一瞥见河滩上上校身后佐藤的身影，便抓住了匕首。

希思看着尼科尔森上校似乎拖着身后的日本军官走近。面对不合逻辑的局面，他好像突然发了癔病，一个人自言自语：

"是另一个领着他！是英国人带他到这儿来。只需向英国人解释，对他说一句话，只一句……"

隐隐传来火车头呼哧呼哧的喘息声。全体日本人一定各就各位，准备致军礼。从战俘营看不见河滩上的两个人。一号做了个愤怒的手势，他立即看清了形势，在依然灵敏的反应中十分明确地感到必须行动，情势迫切要求聚于"塑性炸药和破坏股份有限公司"大旗下的人采取行动。他也抓住了匕首，把它抽出皮带，按规定方式举到身前，反转手，指甲朝下，拇指伸至刀面下端。他并非要使用它，而是出于不久前驱使他用目光伴随巡逻队一举一动的同一个本能，荒谬地企图暗示乔伊斯。

尼科尔森上校在电线前停下脚步。佐藤迈着一双短腿摇摇摆摆地走过来。与希思此刻的激动相比，早上的激动全都不值一提了。他高声叫喊起来，在脑袋前面晃着匕首。

"他做不到！他做不到！有些事不能要求像他这种年龄的小伙子做，他受过正常的教育，在办公室度过了青春。我让他做这件事简直疯了。我应该替代他。他做不到。"

佐藤赶上了尼科尔森上校，后者弯下腰，把电线拿在手里。希思的心捶击着胸腔，他发了狂，心中轰鸣着绝望的哀号，口中吐出忿恨的片言只语。

"他做不到！还有三分钟；三分钟，火车就到了！他做不到！"

一名躺在武器旁的泰国游击队员朝他投去惊恐的目光。幸亏丛林减弱了他的声音。他缩成一团，紧紧攥住匕首，举在眼前一动不动。

"他做不到！万能的上帝，叫他心硬起来吧；叫他发十秒钟狂吧。"

正当他作着荒诞的祈祷时，他发觉橙黄色树下的叶子动了一下，荆棘丛分开了一条缝。他身体僵直，停止了呼吸。乔伊斯手握匕首猫着腰悄悄下了斜坡。希思的目光停落在他身上，再也不离开。

佐藤的脑子转得很慢。他背朝森林在水边蹲下，这是全体东方人的习惯姿势，当他遇到特殊情况无法自我检点时，出于本能也采取这种姿势。他也抓住了引爆线。希思听见一句用英语讲的话。

"佐藤上校，这实在令人不安。"

接着，出现了短时间的静默。日本人在手指间分开一根根水草。乔伊斯未被人发觉，来到两个人的身后。

"可是，上帝啊！"尼科尔森上校突然吼起来。"桥上埋了炸药，佐藤上校！我看见靠在桥桩上的东西是该死的炸药！这些线……"

正当佐藤思考这番话的严重性的时候，尼科尔森朝丛林转过身去。希思的目光变得更尖利了。正当他攥拳从右往左刺去的时候，他看见对岸有道太阳的反光。他立即看出蹲着的那个人的姿态发生了他所期待的变化。

他做到了。他成功了。绷紧的身体没有一块肌肉放松，直至利刃几乎不受阻挡地扎下去。他毫不打颤地完成了附带的动作。就在同一瞬间，他弯下左臂紧勒咽喉被割的敌人的脖颈，这既为了服从接到的指示，又因为他感到迫切需要紧紧抱住一个物体。佐藤一阵痉挛，伸直双腿半坐起来。乔伊斯使出全身力气把他紧贴在自己身上，既想闷死他，又想止住四肢开始出现的抖动。

日本人接着倒在地上，没有叫一声，仅仅声音嘶哑地喘了口气。希思侧耳聆听，揣测到了喘气声。乔伊斯有好几秒钟动弹不得，对手倒在他身上，弄得他浑身是血。他曾有力量赢得这个新的胜利，现在却无把握是否能聚起足够的气力脱身。他终于抖擞精神，蓦地推开那没有生命的躯体，它一半滚进了水里。他环顾四周。

两岸寂无一人。他胜利了，但是豪情没有驱散他的厌恶和恐惧。他吃力地用手和膝盖支起身子。还剩下几个简单的行动要完成。首先消除误解。两句话恐怕就够了。尼科尔森上校一直纹丝不动，这突然的一幕使他愣住了。

"军官，英国军官先生，"乔伊斯低声说道，"桥快炸了。请离开。"

他辨认不出自己的嗓音，翕动嘴唇的努力使他难受之至。可另一个人似乎没听见！

"英国军官先生，"他绝望地重复道，"加尔各答三一六部队。特遣队。炸桥命令。"

尼科尔森上校终于有了生命的迹象，一道奇异的光在他眼中一闪。他嗓音低沉地说：

"炸桥？"

"先生，请离开；火车到了。他们会以为你是同谋。"

上校始终一动不动地站在他面前。

现在不是长谈的时候。仍然需要行动。火车头噗噗的喷气声清晰可闻。乔伊斯发觉他的两腿已无力支撑身体。他顺着斜坡朝自己的岗位爬去。

"炸桥！"尼科尔森上校重复道。

他没有动，目光呆滞地望着乔伊斯吃力地爬行，仿佛力图看透他那番话的含义。突然，他动起来，跟踪而去。他怒气冲冲地分开刚在他面前合拢的树叶的帘幕，发现了藏身处和组合开关。乔伊斯已把手放在开关上。

"炸桥！"上校又叫起来。

"英国军官先生，"乔伊斯结结巴巴，几乎呻吟着说，"加尔各答的英国军官……命令……"

他没有把话讲完。尼科尔森上校大吼一声朝他扑过去。

"Help！"①

---

① 英文，救命呀！——原注

八

"两人丧生。有一些损失，但多亏英国上校的勇敢，桥完好无损。"

这是三人中唯一的幸存者沃登回到宿营地后向加尔各答发出的简明扼要的报告。

格林上校阅读这份电报时，觉得这件事还有不少疑点，要求作出解释。沃登回电说他再无补充。于是他的长官认定他在泰国丛林逗留了颇长时间，不应让一个人待在日本人很可能即将搜索的地区，独守这个危险的岗位。那时，三一六部队得到了强有力的支援。另一队人空降到较远地区与泰国人保持接触，沃登被召回了中心。一艘潜水艇驶到孟加拉湾一个荒无人烟的地点接他，他经过两周惊险的跋涉，终于到达该地点。上船三天后，他到了加尔各答，出现在格林上校面前。

首先他简洁地向格林上校陈述了行动的准备工作，继而讲了实施的经过。他在山顶目睹了这一幕的全过程，任何细枝末节都未逃过他的眼睛。开始他以他特有的冷漠和平稳的语调讲话；但是，随着他的叙述，他改变了态度。一个月来，他生活在泰国游击队员们中间，只有他一个白种人。未曾表达的感情在他胸中激荡，悲剧不断重现的一段段插曲在他脑中翻腾。与此同时，出于对逻辑的热爱，他本能地竭力为这些插曲寻找合理的解释，将其归结为少数几个普世的原则。

狂热思考的结果终于在三一六部队的办公室里见了天日。他不可能只限于做个干巴巴的军情汇报。他必须为他的惊愕、焦虑、怀疑、狂怒的激流打开闸门，同时不受约束地阐明他所窥破的荒谬结局的深刻原因。他的责任还要求他对事件作出客观的分析。他努力去做，有时成功了，接着又陷入激情的狂澜。结果是一连串往往前言不搭后语的诅咒的奇怪组合，其间掺杂着言辞激烈的檄文，不时出现怪诞哲学的悖论，偶尔可见到一个"事实"。

格林上校既耐心又好奇地聆听这篇滔滔不绝的奇谈怪论，从中他几乎辨识不出沃登教授的镇静和传奇般的有条不紊。他尤其感兴趣的是事实。然而，他极少打断下级的话。他体验过执行任务者全力以赴而遭到责任不在自己的惨败归来时的心情。逢到这种场合，他充分考虑 human element①，对胡言乱语眼开眼闭，似乎不把有时不恭的语气放在心上。

"……先生，你会对我说那孩子的行为像个傻瓜？当然是傻瓜，但在他的处境下没有人会表现得更机灵。我观察了他，眼睛没有离开他一秒钟。我猜到了他对上校说的话。换了我，我也会像他

----

① 英文，人的因素。

那样做。我见他行走困难。火车驶近了。我呢，当另一个人扑向他时，我没有明白。我是经过思考后才渐渐搞懂的……希思竟说乔伊斯思考过多！主啊！相反，还不够！他需要更强的洞察力，更强的判断力。这样他才会发觉，干我们这行，胡乱割断一个人的喉咙是不够的！还必须割断该割的喉咙！先生，这正是你的想法，对不对？

"需要的是超等的智力。嗅出真正危险的敌人；明白这位可敬的老傻瓜不会任人摧毁他的作品。这是他的成功，他的胜利。半年来他生活在梦幻中，看他在桥面上大步走来走去的样子，一个明察秋毫之末的人便可揣测出来。我一直用望远镜对准他，先生……这要是一杆枪就好了！……我记得他露出胜利者怡然自得的微笑……性格刚毅，令人景仰的典型，先生，照三一六部队的说法！从不被不幸压垮，总要做最后一搏！他竟叫日本人来救他！

"这个眼睛明亮的老糊涂虫可能一辈子幻想造一座坚固耐久的建筑物。没有城市或大教堂可造，他冲向了桥！而你们竟希望他任人毁掉它！……先生，我们旧军队的这些老上校啊！我肯定他非常年轻时读过我们民族的吉卜林①的全部作品。我打赌工程露出水面时，在他动荡不定的脑海中跳动着整句整句的话。'Yours is the earth and everything that's in it, and which is more, You'll be a man, my son!'② 这些

---

① Rudyard Kipling(1865—1936)，英国小说家，诗人。以描写驻扎在印度和缅甸的英国士兵的故事以及儿童故事见长。1907年获诺贝尔文学奖。但由于他在作品中颂扬英帝国主义，因此在文坛颇有争议。
② 英文，你是大地以及它拥有的一切，更重要的是，你将成为一个男子汉，我的儿子！

话就在我耳边回响。

"他有责任感，尊重劳动成果……也喜欢行动……先生，像你，像我们！对行动愚蠢的狂热信仰，我们的小打字员和大军事家共有的信仰！我想到这些的时候，便不大清楚该如何办了。先生，我想了一个月。或许这个残忍的傻瓜的确令人尊敬？或许他真的有一个有价值的理想？……和我们的一样神圣？……和我们的相同？或许他那些离奇的幻觉来源于锻造骚扰我们的刺棒的世界？……这神秘的以太，其中沸腾着驱使人们行动的激情，先生！或许，在那儿，'结果'没有任何意义，唯独重要的是努力的本质？或者，如我所相信的那样，这个妄想的王国是个长着魔鬼子宫的地狱，从中生出的情感被全部恶毒的巫术所毒化，并将在这个注定极坏的结果中爆发？……先生，我告诉你对此我已考虑了一个月。比如我们，我们来到这个国家教亚洲人如何使用塑性炸药炸毁火车，炸断桥梁。嗳！……"

"给我讲讲事情的结尾。"格林上校平稳的声音打断了他，"除行动外一切都无关紧要。"

"先生，除行动外一切都无关紧要……乔伊斯走出藏身处时目光多么坚定！他没有心软。他按照规则刺了一刀，我是目击者。他应该再多一点判断力……另一位那样猛地朝他扑过去，结果两人顺着斜坡往河里滚，直到河边才停住。用肉眼看，他们似乎一动不动。我从望远镜里看到了细节……一个压在另一个身上。穿军装的躯体把全部重量压在沾满血迹的赤裸躯体上，两手疯狂地扼紧咽喉……我看得很清楚。他双臂交叉躺在仍插着匕首的尸体旁。此

时，他明白了自己的错误。先生，我能肯定。他发觉，我知道他发
觉杀错了上校！

"我看到了他。他的手离匕首柄很近，他把它紧紧抓在手里，
全身绷紧。我揣测到肌肉的活动。一度我以为他即将下决心。太晚
了。他没有力气了。他已使出了浑身的气力。他不能……或者他不
愿意。紧扼他脖子的敌人给他施了催眠术。他松开了匕首，丧失了
毅力。完完全全的放松，先生。你知道放弃是怎么一回事吧？他心
甘情愿地失败了。他翕动嘴唇，讲了一句话。谁也不会知道这是句
亵渎神明的话，是祈祷，抑或幻想破灭后彬彬有礼地表达伤感绝望
的话！他不是造反派，先生，至少表面上不是。他对上级始终毕恭
毕敬。天主啊！我和希思好不容易才使他勉强同意每次和我们讲话
时不必立正！先生，我打赌他闭眼前还称呼他'先生'！原来一切
全指望他。现在完了。

"同时发生了好几件事，如你所说，先生，好几个'事实'。
它们在我脑中搅成一团，不过我恢复了它们的原貌。火车驶近了。
机车的隆隆声一秒钟比一秒钟响……但还是没有盖过那狂人用他习
惯于发号施令的洪亮嗓门大呼救命的吼叫！先生，我在那儿，无能
为力……我不会做得比他好；我，不，没有人……或许希思？……
希思！这时我又听到了叫喊。正是希思的声音。它在整个峡谷回
荡。先生，怒气冲天的疯子的声音。我只听清了一个词儿：'刺
呀'。他也明白了，而且比我更快。但这已经毫无用处了。

"片刻之后，我看见水中有个人。他朝敌人那岸游去。是他。

是希思。他也赞成不惜任何代价地行动！失去理智的行为。这天早上以后，他疯了，和我一样。他没有任何机会……我也险些冲下去。从我栖身处下来需要两个多小时！

"他一点机会也没有。他像疯了似的游着，花了好几分钟才游过河。这时，先生，火车上了桥，由我们的弟兄们建造的宏伟的桂河大桥！在同一时刻……我记得在同一时刻，一队日本兵被嚎叫所吸引，冲下了斜坡。

"他们在希思上岸时迎上了他。他干掉了两个。用匕首刺了两刀，先生，我没有放过一个细节。他不愿被人活捉；但他头上挨了一枪托，倒下了。乔伊斯不再动弹。上校又站起来。士兵们割断了电线。先生，再也没有什么可做的了。"

"可做的事情总是有的。"格林上校的声音说。

"可做的事情总是有的，先生……这时，一声爆炸，谁也没想到要火车停下，它过了桥，恰恰在我的瞭望台下方触到了我埋设的炸药爆炸了。还真巧！我已经把这事儿忘。机车脱了轨，把两三节车厢甩到了河里。淹死了几个人，损失了不少器材，但是损坏可以在几天内修复，这便是结果……不过这在对岸引起了一阵骚动。"

"我想，这场面毕竟相当精彩。"格林上校说了一句安慰话。

"先生，对那些的确喜欢的人，这场面非常精彩……因此，我考虑是否能给它再添一点魅力。先生，我也应用了我们的学说，那一刻我的确想知道在行动方面是否还可以做些尝试。"

"在行动方面总可以做些尝试。"格林上校冷漠的声音重复道。

"总可以做些尝试……此话大概不假，因为大家都这么说。这是希思的座右铭。我当时回想起来了。"

沃登沉默了片刻，对后者的回忆令他心情沉重。接着他压低声音继续说：

"先生，我也考虑了一下。正当那群日本人把乔伊斯和希思围得越来越紧时，我尽可能深入地想了想。希思肯定活着，另一个尽管曾被那混蛋掐住脖子，说不定也还活着。

"先生，我只发现了一种行动的可能性。我的两名游击队员一直未离岗位，待在迫击炮旁。他们既可以炮轰围成一圈的日本人，又可以向桥开炮。至少这是明摆着的。我选定了这个目标，又等了一会儿。我看见士兵们扶起俘虏，准备把他们带走。两人全活着。这样可能会出现更坏的情况。尼科尔森上校跟在后面，歪着头，仿佛在深思……先生，这位上校在沉思默想！……乘还来得及，我突然下了决心。

"我下令开炮。泰国人立即心领神会。先生，我们把他们训练得不错。这是一簇簇美丽的焰火。从瞭望台看，又是一番壮丽的景象！炮弹一发接着一发！我也占用了一门迫击炮。我是名优秀的瞄准手。"

"有效吗？"格林上校的声音打断说。

"有效，先生。头几发炮弹落在了人群中。真走运！两个人被炸得血肉横飞。我用望远镜作了核实。请你相信，请你一定相信，先生，我也不愿让这件工作有头无尾！……我应该说三个人。上校也挨了炸。一个也没剩下。三发三中，成功啦！

"然后？……然后，先生，我下令发射了全部储备的炮弹。数量不少……还投掷了手榴弹。我们的岗位选得极好！先生，弹如雨下。我有点兴奋过度，这我承认。几乎遍地开花，落在从战俘营跑来的连队的残兵败将头上，落在迸发出一片嚎叫声的脱了轨的火车上，同时也落在了桥上。两名泰国人和我一样情绪热烈……小日本反击了。不久，硝烟弥漫，一直扩散到我们这里，渐渐遮住了大桥和桂河河谷。我们被罩在气味难闻的灰色烟雾中。弹药用尽，再无任何东西可以投掷。于是我们溜了。

"此后，先生，我思考过这个主动采取的行动。我仍然坚信我无法做得更好，我遵循了唯一可以做到的行为准则，这是唯一真正合理的行动……"

"唯一合理的行动。"格林上校承认道。

翻译后记

　　《桂河大桥》是法国作家皮埃尔·布尔（1912—1994）于一九五一年发表的小说。布尔生于法国南方名城阿维尼翁。青年时期到巴黎高等电力学校学习，获工程师文凭。一九三六至一九三九年在马来亚经营橡胶种植园，后定居印度支那。二次大战爆发后，他加入了戴高乐将军领导的自由法国力量，在中国、缅甸和印支半岛与日寇作战。他曾被日军俘虏，一九四四年成功越狱，回到法国。这一段在亚洲的生活和战斗经历为他以后的文学创作提供了丰富的素材。远东地区的风土人情，热带丛林的异域风光，白人在殖民地的生活和心态，与日本侵略军的英勇斗争，在他的作品中被表现得淋漓尽致，栩栩如生。读来如身临其境，令人难以忘怀。除《桂河大桥》外，他还创作了《威廉·康拉德》（1950）、《马来的巫术》（1951）、《白种人的考验》（1955）、《人猿星球》（1963）、《地狱的美德》（1974）、《背信弃义的故事》（1976）、《善良的海怪》（1979）等。其中《桂河大桥》和《人猿星球》因为改编成电影而闻名遐迩。尤其英国导演大卫·里恩（1908—1991）于一九五六年拍摄的《桂河大桥》，受到了观众的热烈欢迎，亦获评论界的极高评价。大卫·里恩是英国的著名导演，此前曾执导过《孤星血泪》（1946）、《雾都孤儿》（1948）等影片，后又执导过《阿拉伯的劳伦斯》（1962）、《日瓦戈医生》（1965）、《印度之行》（1984）。《桂河大桥》节奏明快，情节震撼人心，人物形象丰满，口哨主题曲悦耳动听，在影片制作的各个技术层面可以说都达到了炉火纯青的地步。出演主角的是英国素有"千面人"之美誉的著名演员亚历克·吉尼斯。一九五七年，该片一举荣获第三十届奥斯卡最佳影片、最佳导演、最佳男主角、最佳编剧、最佳摄影、最佳剪接、最佳音乐等七项金像奖。

　　小说《桂河大桥》的出名不可否认大大得益于同名影片的成功。但细读之下可以发现，在众多以二战为题材的文学作品中，它是一部颇具独特性的书。首先，小说描述的不是二战期间敌我双方在沙场兵戎相见、弹雨纷飞的场景，而是英军战俘在泰国为日军修建缅泰铁路线上的桂河大桥的故事。日本侵略军为扩大战果，直捣印度，驱策六万盟军战俘为其修建穿越四百英里热带丛林、通向孟加拉湾的缅泰铁路。铁路数次经桥过河，其中最长的当数横跨宽四百余英尺的桂河的大木桥。小说中，奉命向日军投降的英国军官尼科尔森上校和所率部下五百人，正是承担了建造桂河大桥的任务。这部作品的另一个独特之处，是情节设置的重点不是战俘营内被俘官兵向日寇征服者展开的可歌可泣的斗争，而是英国上校尼科尔森指挥的造桥队伍，与以英国特种部队希思少校为首的炸桥特遣小组之间的对垒。诚然，小说开头部分描写了战俘与看守之间的尖锐对立和斗争，比如坚守原则、维护战俘尊严的尼科尔森上校，坚决要求受降者必须是日本高级军官。他不畏毒打和威逼利诱，甚至甘冒被枪毙的危险，拿出国际法法典据理力争，终于逼得管理桂河战俘营的日本佐藤上校免除了被俘军官的体力劳动。但此后小说以大量篇幅描绘的，是英军战俘与英军特遣小组之间极富张力的较量。

一方面，为了建造一座有相当承受力、技术上合格的大桥，尼科尔森上校任用有组织才能的原企业家休斯少校和富于公共工程经验的原工程师里夫斯上尉当参谋。他们在桥梁选址、造桥材料、组织分工等问题上提出了最佳方案，一改原来日方领导下混乱无序、停滞不前的状况，大大加快了施工进度。原先故意消极怠工、暗中破坏的英军战俘们，在尼科尔森上校近乎苛刻的要求下，发挥自己的聪明才智，在非人的条件下艰苦顽强地工作，终于如期建成了桂河大桥。

另一方面，为了炸毁具有重大战略意义的桂河大桥，英国三一六特种部队派遣了一个特遣小组深入日战区，任务是待缅泰铁路竣工后炸毁桂河大桥，切断这条对日军极为重要的交通命脉。小组的核心成员除组长希思少校外，还有原东方语言教授、懂泰语的沃登上尉，和原机械制图员乔伊斯准尉。他们搜集了大量情报，在当地特工和游击队员的协助下进行了实地侦察，绘制了详尽的破坏平面图，在桂河大桥的桥桩上绑好了炸药，并进行了多次夜间演习。

从小说第二部开始，双方的活动交替展开，形成了英国人与英国人交锋这一充满悖论、不合逻辑的局面。随着最后行动时刻的临近，气氛愈发紧张，戏剧性冲突在第一辆满载部队、军火和日本高级将领的火车即将驶上桥面之际达到了顶点。原来，铁路通车的前一夜，意想不到的事情发生了：桂河水位下降，藏于水下的炸药和电线露了出来。这个情况被最后一次到大桥视察的尼科尔森上校发现。他不允许有人（不管什么人）毁掉他引以为自豪的劳动成果，竟向佐藤报警，并与同样发现了危情来到河滩的希思和乔伊斯展开了搏斗。最后，大桥保住了，受了伤的希思和乔伊斯被日军活捉，将被他们带走。为避免更坏的情况发生，负责掩护的沃登上尉命令游击队员开炮，希思、乔伊斯和尼科尔森均在炮火中丧生。

小说在人物塑造上也有其特点。应该说，作者对日方的佐藤上校、山下将军、小工程师等人物着墨不多，并多少带些简单化、脸谱化的倾向。英方人物除上面提到的几位外，还有军医官克利普顿少校、三一六部队的格林上校等。虽人数不多，但有血有肉，个性鲜明。不过作者浓墨重彩、着力刻画的还是英国陆军军官尼科尔森上校。这是一个充满矛盾的人物。他仪表堂堂，一身正气；面对敌人，他自尊、强硬、不屈不挠，在原则问题上绝不妥协；他对部下严加管束，以保持盎格鲁-撒克逊人规行矩步的作风。他的勇气和尊严赢得了部下的敬佩，也令日本侵略军军官相形见绌，不得不作出让步。可以说，尼科尔森上校在这场精神的战斗中打了胜仗。可与此同时，他千方百计、卓有成效地为日寇架设桂河大桥，客观上为侵略军的胜利挺进出了力。更有甚者，在发现自己人企图炸桥时，他不惜舍命保卫大桥。从爱国主义的观点来看，这样的举动是很难理解的。或许喜欢悖论的皮埃尔·布尔试图通过这样一个人物形象的塑造，来展现二次大战中另一场精神层面的战争：文明与野蛮、高尚与卑劣、人道与非人道的对立，并以桂河大桥的成功建造，来显示西方人的文明程度、技术水平和优越性。他按自己不合常情的逻辑，赋予尼科尔森上校以英雄的色彩，把这个人物坚守的原则推向了极致。或许这正是这个人物的魅力所在。

王文融

二〇〇八年四月三十日

PIERRE BOULLE

Le pont de la rivière Kwaï

© Editions Julliard, Paris, 1958

All rights reserved.

All adaptations are forbidden.

图字：09－2008－039 号

图书在版编目(CIP)数据

桂河大桥／(法)布尔(Boulle, P.)著；王文融译.
—上海：上海译文出版社，2010.12(2023.6 重印)
ISBN 978-7-5327-5157-0

Ⅰ.①桂… Ⅱ.①布…②王… Ⅲ.①中篇小说－法
国－现代 Ⅳ.①I565.45

中国版本图书馆 CIP 数据核字(2010)第 134998 号

桂河大桥	PIERRE BOULLE	出版统筹　赵武平
	皮埃尔·布尔　著	责任编辑　缪伶超
Le pont de la rivière Kwaï	王文融　译	装帧设计　赤　徉

上海译文出版社有限公司出版、发行

网址：www.yiwen.com.cn

201101　上海市闵行区号景路 159 弄 B 座

上海中华印刷有限公司印刷

开本 890×1240　1/32　印张 5.75　插页 2　字数 85,000

2010 年 12 月第 1 版　2023 年 6 月第 2 次印刷

ISBN 978－7－5327－5157－0/I · 2936

定价：39.00 元